T0345191

Over the Waves
and Other Stories

~

Sobre las olas
y otros cuentos

Over the Waves
and Other Stories

Sobre las olas
y otros cuentos

Inés María Martiatu

Translated by Emmanuel Harris II

With a Critical Essay by Tànit Fernández de la Reguera Tayà

SWAN ISLE PRESS
CHICAGO

Inés María Martiatu is a writer, theater critic, and cultural historian. Her other published works include *Rite as Representation, Caribbean Ritual Theater,* and *Something Good and Interesting*. She lives in Havana.

Swan Isle Press, Chicago 60640-8790

©2008 by Swan Isle Press
All rights reserved. Published 2008

Printed in the United States of America
First Edition

12 11 10 09 08   12345
ISBN-13: 978-0-9748881-5-6 (cloth)

Grateful acknowledgment is made to Editorial Letras Cubanas for the following stories, originally published in Spanish, in *Algo bueno e interesante* (Editorial Letras Cubanas, La Habana, 1993): "Follow me!" "El re es verde," "Una leve y eléctrica sensación," and "Algo bueno e interesante," ©Inés María Martiatu, 1993.

Cover Image and Illustration: "Madre de las aguas" by Paulina Márquez Pérez

Martiatu, Inés María, 1942-
  Over the waves and other stories = Sobre las olas y otros cuentos / Inés María Martiatu ; translated by Emmanuel Harris II. –1st ed.
     p. cm.
  ISBN 978-0-9748881-5-6 (alk. paper)
  1. Martiatu, Inés María, 1942- Translations into English. I. Harris, Emmanuel.
II. Title. III. Title: Sobre las olas y otros cuentos.
  PQ7390.M32A2 2009
  863'.7--dc22
                        2008038336

Swan Isle Press gratefully acknowledges that this book has been made possible, in part, with the support of generous grants from:

The Illinois Arts Council, A State of Illinois Agency
Europe Bay Giving Trust

www.swanislepress.com

A mi querido hijo, Ernesto,
sin cuyo amor no hubiera sido posible este libro.

To my dear son, Ernesto,
without whose love this book would not have been possible.

Contents

Translator's Note

The title of Inés María Martiatu's collection of stories implies a voyage and, more importantly, a route to a destination. That destination is Cuba and the confounding and often paradoxical realities found within the island nation. The journey is both exploration and revelation, pleasurable and perilous, and each of the stories reaches all the crests and troughs of the human heart and soul. The style of the prose is direct, expressive, and at times challengingly colloquial. The charge for the translator was to attempt to render these remarkable stories for the first time into English while capturing the voice of the author, her characters, and the rhythm of those waves.

Martiatu, a Havana writer known in Cuba for her critical works in theater, and having an eye for drama, creates vivid, humane characters interacting in the rich, sensual Caribbean setting of her native land, where the natural elements, water, air, fire and land come together to shape the passions, pains, dreams and aspirations of the characters.

One trait that ties the seemingly disparate voices together involves the shared African heritage of many Cubans. Whether she is writing of Africans by birth, or blacks and mulattoes of varying hues in the African diaspora, Martiatu underscores elements of that Africanness as part of everyday existence with all its richness, spirituality, and consequences. While skin color never completely defines their existence, that consciousness of class and social acceptance is ever present and expresses itself in many ways, including the virtuosity of language. Messages of hope, instruction, pride, and love are where the humanity of her characters emerges and their voices are most nuanced and empowered. In these stories, such messages are sent transgenerationally from mothers to sons, fathers to daughters, grandparents to grandchildren, and friends to neighbors and community.

The lyrical prose in the Spanish, and particularly the Cuban idiom, that implies the rhythm and movement of the ocean, is more difficult to capture in the English, as romance languages find those rhythms more easily. Yet I hope to have retained some sense of movement. It was the musicality of language, the liveliness, originality, and idiosyncrasies of the prose, that presented the greatest challenges and that can at best only approximate the intent of the original.

As with any translation, there exists a cost in the conversion from one language to another. I humbly hope that the losses to the original texts are minimal and will be understood as an inherent limitation of translation. One area where I have approached the text with utmost caution is the vernacular speech portrayed in the Spanish original. For example, in "Over the Waves" and "The Senator," the dialectal Spanish of those stories underscores the language typical of both a general and specific class of speakers in Cuba. Any attempt to transport such speech into English dialect would inevitably be associated with particular regionalisms, none autochthonous to Cuba. Additionally, the polylinguistic banter observed in others stories, such as "Trillo Park," so colorful in the original, becomes muted in translation.

In the narrative, characters sprinkle English into their dialogue, demonstrating a certain worldliness as well as the influences of American popular culture. Fortunately, the original prose can be read in this bilingual edition, and I would encourage those who can read both the original and translation of all the stories to do so.

In "A Light and Electric Sensation" the narrator states that we must learn to "distinguish the nearly imperceptible distances of semitones that ascend and descend only slightly and that require you to lend your five senses, and that leave you gliding softly into an unknown sea." Reading Martiatu's stories exacts a similar experience. In her literary mixing pot, Martiatu brings us to the streets of Havana, the interior of Cuba, the waters surrounding her shores. She underscores an island that also encompasses the essence of the Orisha and the Virgin of El Cobre, Santería, and the fire and intensity of a people often marginalized or silenced. She encourages us to heed all of our senses.

It is not often that a translator's work proves to be as personally uplifting in the many ways this project has been. Being able to work again on a book with Swan Isle's editors, David Rade and Margaret Mahan, was an enriching and nourishing experience. Additionally, Tànit Fernández de la Reguera Tayà provided the spark to bring us all together, and I am forever indebted to her. The inspiration at its core is Inés María Martiatu herself and the eloquence and courage of her stories. Inés María and I corresponded for many months to bring the English translation to light, to reflect on the meanings of words, phrases, and ideas that often transcend language. It has been a privilege working closely with her and has also allowed me to discover interests, concerns, and passions we share and for which I will always be grateful. I want to thank my wife, Teri Hernández, and our children, Kalani and Savannah Harris, for granting me the time, space, and encouragement to complete this work. *Over the Waves* is our story too. We enthusiastically join Inés María Martiatu when she says Follow Me!

Emmanuel Harris II
University of North Carolina Wilmington

Over the Waves
and Other Stories

Follow Me!

First the photos, the letters, and postcards arrived from far-away places, and they replied to them in vain. Smiling or not, Lola always seemed pretty and radiant with her inventive hair-styles beautifully done and her head inclined just the way the studio photographers asked her. She resembled the pictures of the black singers in the pages of *Rhythm and Blues* magazine with the mole on her cheek. Lola had a light complexion and the eyes of Bessie Smith. It was those eyes that sent greetings, kisses, and best wishes from places like New York, Chicago, and Washington D.C. and who knows how many other places. Greetings from Kingston or Montego Bay, salutations from St. Kitts or Barbados, kisses and smiles that never received a response. When her daughter Virginia answered from Havana with photos, greetings, and congratulations similar to her mother's, they were always returned quickly with a note saying that the person requested could not be found. She took pleasure in moving from one place to another, in disappearing, and in sending notes from each city without seeming to care whether or not she received an answer or perhaps without wanting one.

Everything began years ago, when Lola had recently arrived in Cuba. Originally from Jamaica, she was kicked out of her house in Camagüey by her mother, a dominating Anglican mulatta who was proud to be named after Queen Victoria and to be a British subject. The girl was easily captivated by music and she thoroughly enjoyed dancing, two things that according to her mother were tools of the devil. At that time, Lola wasn't called Lola but by her real name, Wendolyn. She arrived at the Havana train station without money and carrying a small cardboard case. One of her countrymen, aware of her musical interests, had given her the address of a bar. It was there that she worked waiting tables. Sometimes, the young and visually striking mulatta sang and danced, which delighted the customers and caused envy among the other workers, who would watch the spectacle. From then on she decided to call herself Lola, the most exciting Latin name that she knew. She made up her mind to forget about Wendolyn, the daughter of Victoria, with her prayers and her Anglican chants from Camagüey, and to forget about her mother standing beside her pastor of a stepfather always chastising her. No, that's not what she wanted at all.

"Ain't she sweet, see her walking down the street," she sang and swayed over the platform wearing her pretty beret and sauntering between the tables. Her enthusiasm never waned before the sometimes vulgar comments or the imprudent voices of people that thronged to the place.

One day she wanted to learn *danzón*, that rousing music that attracted her immensely. She let herself be enraptured by its stimulating tension whose rhythms promised liberation, which the dancers always harnessed and savored in internal delight. Armando showed her the lyricism of the trios, something she had felt was an unfathomable mystery. For Lola was accustomed to dancing to tunes derived from marches that had Anglo-Saxon influences. She would stay on beat never letting her feet stray from the rhythm she heard. Now she focused on the hypnotizing effect of the different rhythms, allowing herself to be moved even to tears by the daring melody of the flutes and violins. It wasn't anything like the two-step, but something new and irresistible that she never completely surrendered to, just like love itself. Armando was there for sure, and she was in his arms, mesmerized by his elegance, the *danzón*, his way of smiling and his way of always, always, always complying.

He was an attractive, elegant, and smooth mulatto and an unexpectedly effortless heartbreaker. He collected women and lovers who naturally got swept away at what for him were easy escapades. Armando knew how to avoid inconvenient complications when necessary, and he didn't even bother with trying to be original. He always triumphed with the same story. To each of them he promised love and the same "Oriental" bedroom set displayed in the window of the nearest furniture store. He never purchased anything, but he did lavish them with romance and a vague sense of love. He would ignore all requests for exclusivity from whoever's turn it was to be his lover.

In the balcony at Cine Oriente, his hands and kisses drove them wild. And his tongue, which maneuvered in her mouth and in her ear offering infallible pleasures, promised more than what he ever gave to her or to anyone. In the background, Valentino plays the part of the son in *The Sheik,* his eyes covered with Rimmel mascara and his lips with rouge. With an exotic overture, he swears eternal love to the woman under his spell. Lola trembled, and held tighter still within Armando's embrace. The musicians in the orchestra played behind some sort of cage, protected from the unwanted aggressions of the audience in the balcony. Tomatoes, shoes, and other even more forceful objects exploded against the mesh. "Faster Ñico, faster! Faster and play the first song!" The Sheik's blond lover sighed as her eyes widened. "Faster, Ñico, faster!" Lola found the courage to confess to Armando the news that she was expecting his child. "Beans, beans, good for your heart, the more you eat, the more you fart!" everyone in the balcony shouted at once. The kettledrums played fortissimo, "Faster, Ñico, faster!"

In the small annex on Salud Street, Lola assumed the role of what Armando liked to call the "garçonnière." She sat between multicolored pillows and a black devil with neon eyes — one red the other blue — that alternated off and on as if he were winking. That devil bothered her and at times made her laugh for no apparent reason as she remembered the vivid descriptions of Satan they used to describe at church. There in the annex she discovered love as she had never experienced or even imagined. There, too, she found anguish, postponements, abandonment and absence.

She left town along with her three-year-old girl, who by then was speaking her first words in Spanish, although until she was seven Lola only spoke to her in English. Armando managed to take the child from her mother in Ciego de Avila, with the help of a bribed judge and the prejudices against Jamaican immigrants. When she arrived at her father's home, they no longer heard her speak either English or Spanish, she only sang "Leta fai, folla mi." No one knew that song nor could anyone understand the phrase.

Lola began to change her name as she did her location and her husbands. She appeared in Jamaican dances in Pogolotti or Buenavista, in a suburban area or housing development, among laborers in Camagüey or Guantánamo, in hot Santiago or a respected apartment building in La Havana. Today there's a musician accompanying her, tomorrow a pedicurist or a mere cane cutter, but always men from her native land. It was during these times that she met Gilbert. He was a dark, thin black man and a seasonal worker. His small eyes seemed cold and undressed her violently. In spite of being well educated, he would cut cane or perform whatever work he could find. He was born in the Canal Zone of a Jamaican mother, like Lola, and a father from Barbados who had a touch of Indian blood. His disposition was violent and sweet at the same time. And he had a way of possessing her without hesitation that unsettled her from the very beginning.

One evening they gave shelter to a fellow Jamaican who had arrived in search of work with only the clothes on his back and his worn out and dusty shoes. He came from Santiago de Cuba and spoke with the conviction of the church pastors, though his message was different. He was a follower of Marcus Garvey. He was hungry, and between anxious mouthfuls and swallows of beer, Patterson unwrapped a package he had carried in place of luggage. It contained back issues of *Negro World*. In them Lola and Gilbert together discovered the words and doctrine of Marcus Garvey.

The image of that great man grew and grew with Patterson's words. Their hope-filled conversations were wrought with old pains and the rage of a people that awakens and sees itself in grand histories and in a bright future. Let's fight! Follow me! Follow me! They sang. Lola discerned for the first time the keys to understand her firstborn; the works and dreams made sense in that everything was related to part of a huge drama that touched her and contained her at the same time.

Gilbert chose to return to Panama, to the Canal Zone. There he sang calypso and she danced *Indians*, and yet the money that they earned wasn't enough for rum and food. The best moments were during carnival. The Antilleans tried to forget that they weren't anything more than silver and that everything was gold for the Americans. Silver homes, silver wages for the same work, silver life, silver, silver, silver. In one of the bars, with walls of pressed wood, Gilbert would sing that song composed for Garvey. Sometimes well into the night, when it seemed like he wasn't going to be able to finish, his hoarse and cutting voice rose up like a hymn. One night Lola found him lying in the middle of the street with a bullet hole in his chest and his eyes open and serene. His people cried, and some, with the hope of attracting good luck, bathed with the water used to cleanse the dead man.

Years later, Lola returned to Cuba with two identical gold and diamond wedding ring sets on the ring finger of each hand. She looked for her daughter but no one understood her. Old lady Victoria received her with diatribes of the past. "You strayed from God and He has forgotten you."

When I found her, it had been quite a while since anyone had heard about her. She had gone back to her same ways as before, concealing her losses, her moves, her disappearances. Nothing was easier for her. She kept her rings and the grace of her gestures as she spoke with surprising animation about the past. She knew how to carry her solitude with prideful dignity. It was then that I surprised her with the confession of my childhood memories, of the furtive conversations that I heard so many times about her story. Yes, I had been a part of her, but I wanted to know something more, a detail.

For months and months, to the desperation of her Cuban grandparents and uncles, Lola's daughter Virginia had mumbled "leta fai, folla mi" before she dignified her family with a response in Spanish. Lola laughed. It was the song that Gilbert wrote in honor of Garvey and often sang: "Let's fight! Follow me! Follow me!" sang Lola.

The Re is Green

The re is green, Madame Paulette said in the kindergarten musical. The re is green the instructors later had said many times.
And since all the notes were different colors, her father bought
her a colored pencil set made by Prismacolor.

At first, she watched her cousins and siblings draw, and with
innocent confidence she tried to imitate them. She depicted, as
they did, dolls and little houses in the country, landscapes with
palm trees and ships, but they never turned out right. Then she
gave up, realizing that she couldn't draw. Instead of growing
with the years, that gift was lost, although she never had it.
Then her father gave her a stencil to draw letters. October 10,
May 20, and Mother's Day were the signs that she made and
later filled in with different colors.

When she walked or skated down the sidewalk she would
pause on purpose to hear them. Yes, that's who they were, that
group of cronies with their *asere*, their gestures, their way of
moving and agreeing, their way of talking and carrying on
among themselves. With the men lounging next to the counter of
Paco's corner store, there was always an explosion of laughter,
the back slapping and embracing when the drinks began to take
effect. A woman would pass by and someone from the group
would attack. There was no other way to describe it. The others
would join him and then continue talking and laughing with
that knowing and mysterious air of complicity arising from

their shouts. And *bar-ba-ró*! That's who they were. The mood grew in intensity until a phrase or a spark erupted from the very contagious excitement and a fight started. The group would get riled; mill around as though one single body. The ruckus would end in a fistfight or feigned anger and embraces that were even more emotional, like the reconciliation of lovers. No one would know why.

With music, it was different. She had the ability to sing and produce melodies, to capture the rhythm and immediately notice when one of her accompanists was off pitch or made a mistake. "You're singing it as if it were *E* flat. No, it's natural." "You're making it sound like it's *D* natural, but it's sharp." She signaled when someone needed correcting. Fe immediately turned off the metronome and impatiently tapped her foot during the interruption. She was almost always right, but at times, even though the note wasn't the right one, she wasn't able to correctly sight read the most difficult passages either. And the person would have to do it over and Fe would grow impatient. She would take the tuning fork in her hands and turn on the metronome at the wrong speed only to bang it to the off position and grow quiet. Everyone would remain silent and when Fe calmed down, she would sing. She would demonstrate the correct tone and everyone would repeat it in harmony with her.

The re is green. But with the shifting of the compartments in the leather suitcase and of the little empty boxes of canned caramel and cookies from Christmas, the re lost its green, and in losing its color the re was lost too. Then she remembered what her great-aunt said, "Green is made from yellow and blue." That wouldn't be a problem. She began to paint the re blue and she covered it with yellow. There it is! Green, green, green. Other times she would start with yellow and cover it with blue. Perfect! Green, green, green. One evening Fe looked through her wide-rule notebooks and rediscovered something she had written. Exasperated, she had scribbled above and in the margins as she completed the exercises. The re is green. The re is green. The re is green.

Other times it was much better and she was able to enjoy lengthy moments spying behind the living room window. She listened to the conversation of a group pausing on the sidewalk, only two steps away from her. She was careful that no one in the house saw her hiding. "There's a little ball in the air." They were really talking about a rumor being spread. She imagined a white tennis ball making circles above their heads. "What a pair they'd make *asere*." Maybe a pair of socks for her feet, she thought jokingly. She could see El Grande throwing strange symbols in the trash can. "I'm going to get rid of a few odd issues, my friend."

She was so close she could feel their breath or spy through the blinds the liberty in which they marked each phrase by touching their crotch, feeling it without the slightest modesty. When they saw each other, "*Mi sangre!*" When they greeted each other, "*Mi social!*" the words intertwined in a difficult and staccato rhythm in which all of them spoke. They rhymed, they repeated, or they found amusing phrases that came out of nowhere. One person began, another would join in, they would interrupt, interweave and even guess the thoughts of the other in an "*Oficial!*" in unison that would leave her dumbstruck. Some words they would savor and gloat over. The conversation would continue, animated to the point of shouting or simply shrouded in mystery. Their faces lit up when they talked about women, "Did you see so-and-so?" "Did you see what's-her-name?" It culminated in a delirious "aahhh!" upon recalling the pleasure. They were aggressive when they planned a fight, "He's going to be in bad shape when I'm done with him." If they were talking about a flaw or some cowardice, they would spit the words, "It's hopeless." They whispered at times, rhythmically recalling a musical phrase they knew or improvised only to end up singing it softly, back-slapping each other in the middle of the street. It was amazing. It truly was.

She began Bach's Minuet No. 1 with *B*, then quickly went down to *E*, rose again to a *B*, this time in the minor scale, note by note and then to *E*, and *E* once again. A *C*-sharp and a little lower, *A*, before arriving at *E* above in the minor scale. Later she completed the phrase only after going over it again, and again. Her first piece by Bach. Her left hand made mistakes upon changing the chords marked three-four time. She went over it repeatedly as if she were playing. She stayed eager, waiting for it. The pleasure of the variation surprised her, for it was even better that way. It was as if she were singing to herself the whole time. When she walked and her father told her the names of the streets, the musical phrase was there in her memory and she was able to enjoy it as often as she wanted without anyone noticing her secret. She began it with *B* and she made it coincide with the sound of her skates on the sidewalk, with her steps as she walked in her school shoes and even with the sound of her book bag in the evening, when it weighed more and knocked against her legs. She adjusted it perfectly to the rise and fall of the yo-yo and to the noise of the jacks when they were tossed and then scooped up with the ball. And to the long and short sounds of the whistle that she carried hanging from her neck as she skated. To the explosions of popped bubble gum bubbles and even to the movement of her fingertips as she picked away the little pieces that were left behind. How disgusting! her grandmother would say.

One evening when she was spying, she discovered that the friendly conversations had turned serious all of a sudden. Indecipherable secrets foreshadowed the preparation of a grand event, a huge fiesta in which some of them, the youngest, would take part for the first time.

As the day approached, the neophytes were puffing their chests as never before, excited by the imminence of the "*plante.*" *Indíceme* was the name that they gave to those who were going to be initiated and Buana Bekura Mendó, Muñanga, Usagaré were repeated like places from a fantastic geography where they were the only ones who knew the true location.

They formed a world that fascinated her and in which she would never take part. From her experience with P, she discovered that not even a relationship with one of them would guarantee her entrance to the group. With women it was always different. When the men were together they attacked a woman, and if one of them was alone, he established a different sort of relationship with her that in no way resembled the type of camaraderie that she envied. They looked at them out of the corner of their eyes, never addressing women face to face. She noticed that P and his cousin also imitated the talk of the men when they played or when they thought that she was not listening to them. From that point on, she saw it as a special language that she would never speak even if she understood it. You can understand it, but you can't speak it, kind of like Portuguese.

The re is green. The *B* is green. She felt the tempo of the minuet joining the rhythm of their speech. No one could do it like they did. They invented speech on the spot. The conversations with her father's friends seemed boring and gray compared to the way they talked. Her grandmother called it "gibberish." No one knew how thoroughly she enjoyed it, how much she liked them with their beautiful teeth, their strength, their sensuality, their aggressiveness, and their mystery. The re is green. Once again she attacked the phrase for the umteenth time. The re is green, is green.

A Subtle and Electric Sensation
To my parents

When the chords resounded, the father lifted the girl in his arms. He let her down gently onto his own feet. Her little feet stuffed into white hose slid and settled onto the shining surface of his shoes. Her tiny hands were firmly and yet softly held in his strong hands. The girl remained alert, with the seriousness that precedes a mystery. The orchestra dove into the sweet melody of the violins, and she could perceive with all of her body how her father's thin legs quivered and began to move.

In front of the mirror, she lost herself as she looked into her own eyes, asking, "Who am I?" In that moment of emptiness and doubt the floor beneath her feet nearly disappeared, and she felt as if she were floating with nothing to hold on to, a terrified captive of uncertainty. She thought that she was falling, falling in a moment that was never ending. At last she touched the ground and her eyes brought her back to herself. She seemed to arise from the depths of her pupils and then spring forth. The features of the girl grew clearer, her immense eyes no longer merely dilated black pupils. Rather, she reflected a harmonious ensemble encompassing her brows, lashes, eyelids, and the smooth curve of her superciliary arch, which some considered haughty or unusually questioning for her age. Her eyebrows settled and she recognized herself in the plump oval face in front of her. The mirror's surface captured her small tense hands as they grasped the brass of a toy kitchenette. It had been converted into a huge, dry-cleaner's ironing board, and on its edge rested some bloomers with expanded elastic ready to be ironed, just as she had seen others do many times. Shhhhhh, the girl let loose a hiss perfectly imitating the sound of the steam. Shhhhhh, once again dragging out the sound, and she looked herself in the eyes. She touched the earth. Everything remained clear. It's me.

The music took over his feet and they began to move. Then, awkwardly at first, the girl's two feet wobbled over those of her father. She remained attuned to each note and to her father's emotions as he surrendered to the music that enveloped them, feeling it as if it were their own. She watched reactions as his knees swayed, bumping into her chest while he hummed, whispered, and cumbersomely gave way to the song of the flute.

When she was sitting on the floor of the patio there, playing with blocks or letters, she could hear the conversations from below. She didn't turn her head or show the least bit of interest. She was even able to continue playing a game or have a trivial conversation if her cousins were with her. But she didn't lose one word of the grownups. She clung to their phrases and secret tones, their way of disguising information, of talking in the third person or changing people's names. For her ear, for her enjoyment, she understood everything clearly, so much so that it would have horrified those who wanted to hide things from children like her. Anyone watching her gestures or eyes would have never discovered the slightest indication that she understood what was being said. That particular morning they were obviously talking about death. Her mother's beauty and youthfulness had been diminishing little by little. The girl looked down at her own big toes sticking out her sandals and noticed for the first time that the two weren't identical. From that moment on she distinguished perfectly her left from her right and not only by the position of her toes but by their shape. Her mother was dead and she realized that she would no longer be returning home and that her defenseless departure had been her last. She thought back to the trip she had taken with her mother to the strange town. It was a place you couldn't get to by any road and that only had one corner and a few houses. And to her, from that day on, it only pertained to the two of them.

The small drum marked the change in the rhythm along with the tapping of feet. One step or two forward, then back. A spin that begins and is interrupted. An unanticipated turn that leaves the head a bit dizzy. And then keeping the beat as if marching in place. First hesitant, and then with confidence. Slowly the girl became a participant and began to feel the indescribable pleasure of the carnal ritual in which she was indulging. In the joyful surrender of the moment, she added each of her senses to the delicacy of the trios. The feet, the soft touch. The hands, the alert ears, the entire body. The music invades and changes the room which is now distinct and filled with a plethora of sounds. Detecting one rhythm and then another. Playing, adjusting to the game with her own internal flair, which she confuses with the beat of her heart.

The sidewalk there seemed too tall on that cold and misty morning. The town with its wooden houses, with shiny front doors and roof supports, seemed like some strange country-side enveloped in rice paper. She would never remember her mother's face, but could recall her coat, her warm hands, her presence, all of which were different from those that she would know in life. It is like being certain that someone is by your side, living on in your memory. As if in a dream, you feel that protective, affectionate presence, that companion without a face that you can't explain. You try to complete it with a face that's familiar and devoid of features but it's not possible. And thus, incomplete, it will accompany you all your life like the edge of that town where you will always be with her and where you will remember no one else. An empty and cold town for just the two of you, where emerging from the mist, the shining wagon of the tinsmith appears with its brilliance. The coffee makers, the jugs of all sizes, the indescribable little canteens. The sole wagon and her presence without words, solitary and strange, in that town without people, without music or sounds. The girl received a tiny jug and the shine from that metal was greater for her than pure gold, more than silver, more than bronze, more than all the brilliance in her life, in the world and in all of the stars, forever.

Climbing a musical scale that leaves you gasping only to draw you back later. Feeling the soul moving slowly, to distances so short and subtle that they tickle the skin. Going forward to the clear sensation of solidness in ample and perfect intervals. Adapting to the minors and diminuendos. Distinguishing the nearly imperceptible distances of the semitones that ascend and descend only a little, forcing you to lend your five senses and leaving you softly slipping into an uncertain sea. Startling you before the unforeseen dissonances that explode and force the ears into acute agreement. Everything that she was discovering came to her as in a ritual with the premeditation and patience of love.

The girl, little by little, felt in her chest, in her feet, in her hands, that a mystery was being revealed to her. She closed her eyes and thus could perceive it with greater clarity. The whisper of her father singing remained humming in her ears and offered a pleasant, subtle and electric sensation.

Something Good and Interesting
To Gerardo Fulleda León

I already know that you aren't to blame for your graying hair, your little boy smile, or those two surprisingly warm handshakes that subdued me. Nor that I was caught thinking of you, in the seriousness of your suits and ties, in the confidence of your ways, in the manner that you pushed back the white waves of hair, so alive and abundant. I figured it was soft, and two or three times I was almost to the point of pushing it back for you.

Unexpectedly, out of the confusion, the surprise and the doubt, I began to feel the rage of impotence and, with it, arose the rage of this narrative. Writing, I could enjoy the greatest pleasure in the world, that malevolent sensation of having you completely at my mercy. I would mess up your hair, untie your tie. I would stain, wrinkle, and take off, of course, your recently pressed and well-organized suit. I imagine you, in the end defenseless, naked, fearful, excited, full of desires and doubts, desperate and not knowing how to order your feelings. To organize, be organized, that was the challenge, the key word for which a good friend, who only wanted to praise you, lost you nevertheless. You began to form part of the most secret of my fantasies. Writing this story would be a sort of personal revenge, the only one possible, for being so foolish to have hopelessly fallen for you.

I imagined then, what our history would be, but don't think that it was child's play or innocent. I swear to you that I had to suffer and that I couldn't be as strong as I had hoped for myself. It wasn't possible to come out unscathed from such a trance.

I wrote it stating that it all began one clear, nearly transparent evening on the terrace of the restaurant "El Patio." She, that's to say, I: her happiness and confidence that something good and interesting would happen to her soon. He: his curiosity. The friend: his affection and astonishment. In the background there is the persistent light between the areca trees and the very pleasant humidity and freshness of that hour of the day, which is on the verge of an insistent yet not arriving twilight. In the light: the square plaza and the undulating façade of a large church. In the shade: the colonnades and balconies.

The two men had seen her arrive at the same time.

"Sit down with us. You're so beautiful. It's a shame that I don't like black women," said the friend.

He watched somewhere between amused and scandalized. There was a special type of bond between them, a mixture of love and intimacy that had always caught his attention.

"You're so beautiful," the friend repeated.

"Surely I must be because I feel really good. That's how I feel, beautiful."

"You're not modest."

"What good does it do? At least on a day like today, it wouldn't do me any good. Any minute now and I'll start singing."

"Would it be possible to know the reason you're so happy?" asked the friend.

"I don't have the slightest idea," she answered.

"No one gets so elated for nothing."

"Well I do. I'm sure that something good and interesting is going to happen to me."

He didn't have any choice but to cut in.

"What?"

"And soon" she said.

"Please, stop exaggerating," said the friend.

"Well, but you're a witch," he dared to say.

"Not the Snow White type, of course," she responded.

"But he knows what's going to happen," he added with total credibility.

"She's completely out of her mind. Don't pay attention to her. I'll be right back," said the friend as he was about to rise to leave. He headed towards the interior of the restaurant.

"Why don't you speak to me with more respect?" She studied him as the two of them were left alone. "You could tell me something good and interesting."

"Is that a joke or a play on words?"

"No, I'm serious. Talk to me about Africa. I know that you've written two books, but you never talk about yourself in them."

"I'd prefer that we went someplace else," surprisingly, he heard himself say.

"And what should we do with our friend?" She looked at him, teasing. "Serious and organized man, no need to bother. I'll take care of it."

In the small bar full of people, the friend was greeting some people that he knew.

"We're leaving," she said.

"Wait a second. I'll be with you in a minute."

"No, you're not coming. He and I are leaving."

"What's up?"

"It seems that your friend thinks that he could be that something good and interesting that's going to 'happen to me.'"

"There's no way."

"He invited me to leave with him. I came to make things easier for him, so don't go out to the patio. I'll call you tomorrow. Ciao."

There was always something that remained pending between us. Even with the surreal character of this adventure there was a loose end that not even one's imagination could fulfill. In reality, I found out that he would never talk to me about

Africa, as I asked him to. I don't know why I still reproach him for it mentally. Perhaps because Africa (the one that he didn't talk about) meant many things he would never tell me here and in reality.

"He always tried to paint himself to me as something good and interesting."

"Be serious, please. I'm worried about my friend."

"And I'm not worried?"

"I know how you are... What are you thinking about doing?"

"Don't protect him so much."

"It's because I know you and your traumas aren't his fault."

"There's no reason to be alarmed. He hasn't fallen into my clutches or anything like that."

"What are you thinking about doing? Are you going to keep joking around?"

"What do you suggest I do?"

"I'm warning you. There're issues involved here. No one knows what could happen."

"Nor can anyone stop the events already in motion. You really think I'm a vampire or something worse."

"Would you go to bed with him?"

"I don't know if he would ask me to."

"You'll do it."

"Everybody chooses their own adventures. Pavese wrote that, in his diary."

"'Enough words!'"

"What?"

"Pavese wrote that too, only at the end of his diary, the last day, when he committed suicide."

"Don't be so tragic."

"Are you going to see him again?"

"I think so."

He hadn't visited a place like that club for years. That's where I wanted to imagine him, outside of all his habitual contexts, out of place. I wished that while he caressed me, he would penetrate more deeply into the mystery of my silences and my gaze, or at least that he would try.

"You're a complex woman."

"Don't say that. I let you in. There aren't any mysteries, I didn't hide anything from you."

"Yes there are."

"You're seeing me how I am."

"I know what you're doing but I can't take it all in. You always surprise me."

"Well, it's not my fault."

Pablo's voice began to be heard. It rose above them. It was a little-known sentimental bolero. "If only you knew how much I love you, that I understand the reason for your pain." She began to sing softly. He was caressing her and kissing her face.

"You remind me of somebody," he claimed. "Not exactly. You remind me of a lot of things at the same time, an era."

"And you don't believe, no you don't believe in my love," Pablo continued.

"Why are you crying?"

"How am I not supposed to?"

To him, her lack of inhibition and mystery were unsettling. At times she started to seem shameless to him, even though of course, he didn't dare say it. But she perceived it just like she perceived many other things. It was something contradictory, lacking inhibition and mystery. When he thought that he was getting to her, she would close up suddenly. She lifted her arm and he grabbed it desperately like someone drowning. He kissed her.

"Tell me, please, if I am something good and interesting. I'm dying to know!"

In the beginning she made it so that the pleasure would surprise him like a slap on the face and, without giving him time to think, the uncontrollable emotions would have him at their mercy for a long time. Palpitations, rapid heartbeats, sudden crackling of the voice, cold hands, anxiety, and uncertainty were the symptoms that nearly killed him. The relief of the first orgasm, followed by another phase in which the sensations penetrated into his being, producing what was no longer a state of confusion but, rather, grace. Later he basked in sensual gratification, greedily relishing each emotion, each feeling in the peak of desperation, with his pores and nerves wide open. He felt captive to the fiercest retrospective jealousies. The modesty of the flesh, left behind for the glow of a so human pleasure, made him shameful of his past miserliness. There was no other word for it. A very short separation disorganized his life in such a manner that even recent memories of the events he experienced with her took vengeance on his flesh and tore at him, chaining him and holding him in the most inescapable crisis.

Neither reason, nor organization, nor the tyranny of routine were effective. Boredom was no longer a safe refuge. Each time he wanted more of the disorder of those kisses and the randomness of the orgasms, with their scandal of inconvenient and inexplicable gasps. He wanted those unexpected deep waves without any possible planning or control and without ever knowing when it would happen, only when it was already inevitable, always too soon or too late.

Surely he had known this kind of love, but he had known how to avoid it. Now those old loves, without first or last names, reaped vengeance. Memories of unjustifiable shames and dastardly acts soon threatened his tranquility and they were relentless. A dead girl, an adolescent friend, the lover that tried to teach him a purely physical love. All of them flowed into her, into this woman who'd been a stranger until only a few days ago--into this stranger whom in real life he greeted with an innocent handshake, without suspicion that she was capable of so much delirium.

And as was to be expected, the issue arose about his dear wife. That chaste woman whom he had chosen *ex profeso*. A risk-free love, comfortable, companionship for life. His wife defended him, loved him because she possessed him. She had been forming an inventory of all his dastardly acts and she granted him support in order to counteract them and keep them away. With an unconquerable efficacy she dedicated herself to refuting the little regrets he had, one by one, granting him the most absolute security, one that should have lasted, he thought, all of his life. His wife wasn't deceived, nevertheless. It was like a perfect crime and in any case, the motive had been love. That's what she professed. She demonstrated it in every detail, with meticulous persistence, with the same blind obstinacy with which spiders and ants persist in their work.

From a brief note in the newspaper I found out about his sudden death. In the easiest and quickest way, the object of so many fantasies had succumbed to a "brief and painful" sickness. I imagined that he didn't have time to choose to die or to die as in my story. In those days, the news interrupted my narrative . More precisely, I was occupied in writing the part that I provisionally titled "The Possibility of Death and a Decision." I dedicated various sessions of work to planning those deaths and the alternatives, finalized in a solution that seemed ingenious to me: "to die or to die." Facing the coincidental and surprising discovery of a terminal illness, he should have chosen "to die" by remaining at his wife's side, to die in the long run. And if he still had at least a year of life ahead of him, by leaving with his lover, that is to say, with me, and to die in the end, too, but having lived.

The brief newspaper report of the burial put an end to my speculations. In reality, everything had been much simpler and perhaps surprisingly frustrating. He never had the opportunity to live and discover himself, as he did in the story. Better late than never, I thought, but actually, better in fiction than nowhere at all.

Doubt

When the Mother Superior entered the room, she smoothed down her habit with a slap, turned half around, and stopped abruptly. Josefa knew that she was dealing with a woman who was accustomed to giving orders. The two of them sat face to face in high, polished mahogany armchairs. Josefa inclined attentively towards the center table. There lay the sculpted glass cups used for important visitors. The thick, fresh liquid of pressed, white guanabana fruit rose to the edge. The cream-colored linen dress, splashed with engraved branches *à la fils tiré*, starched and impeccable, made her appear thinner, posed between the stays of her corset. The Mother Superior took the glass, set it on her black lap, and continued speaking as though she were never going to take a sip. Josefa was not surprised and remained attentive to the words of the woman.

The truth is that she had never seen black women who were nuns, and this one was definitely a nun of an indeterminate age, with a dark face that nevertheless showed a racial mixture by yellowish hints and a somewhat high, pointed nose. She gave the impression of not needing to question anyone about anything. The way in which she carried her head erect over the hard, white collar of her habit gave her an even greater authoritative appearance.

From her accent, Josefa assumed at first that the Mother Superior had arrived perhaps from Jamaica. Was she a Cuban educated in Jamaica? In the United States? The Mother Superior actually came from a poor rural family on the coast of the Caribbean, close to Puerto Limón. Abandoned by her father, she and her siblings were scattered after the death of her mother. Malnourished and sick, she was lucky enough to be taken in by a neighboring convent. They were Dominicans, and Sister Amelia, a middle-aged nun, took charge of her, though she didn't truly take her in as a daughter. The rules of the convent, the convictions that had withered hearts after so many years of reclusion, had inhibited the egotism of saving for themselves that type of love they had renounced for their religious vows. It was almost a miracle living there, well fed, clothed, and safe from dirt and heat in the freshness of the cloister, protected from the cold under blankets at night. She grew accustomed to the unending prayers and the schedule of the convent signaled by the ringing of the bells. Some of the nuns were already old, others had taken their vows only a few years before, and novices arrived from time to time. All of them were white or *mestizos* with Indian blood, with very light skin, paled by being cloistered. In some the yellow, olive tone was still visible. In others, the mystery of subservient eyes showed as they lowered their gaze with a gesture of a nun's modesty. But there hadn't been any of black lineage like her. At first she hadn't realized it. She was a girl. She learned to work and to serve the novices. She didn't have time until much later to ask herself why this was the place that corresponded to her.

Nevertheless, they allowed her to learn and to write. A novice, still almost a girl, taught her literature, the lives of the saints. Matilde offered a friendship that the two of them soon converted into love, in a mutual discovery of feelings and sensations unknown until then. The secret kisses did not pass beyond the cheek, but most intense were the glances. The other nuns began to take notice, and then arose curiosity, astonishment, envy, bad intentions, slander. The Mother Superior adopted a Solomonic decision: she separated them. Matilde understood that that life was not her path and returned to her family. The other was sent to a black convent in the United States. But their love had taught her self-love. In the convent she had learned to recognize the advantages of discipline, the privilege of knowing, and the headiness of power in the person of the Mother Superior. For a moment she feared being expelled from the place that was all she had known until then, being thrown out of that little miserable town that she barely remembered. She would be a nun, she would be powerful, and there could no longer be anything, any doubt, that might hold her back, prevent her from her chosen path. She even left behind the memory of family. She had left her home as a little girl in order to establish herself in the convent, that place without time and without possible personal references. She could no longer remember her house, her roots, her siblings, her mother's face. She lacked not only them but also other relatives, friends, neighbors, people from her area who would have known her family. She lacked anecdotes, pictures that might have helped her maintain the memory of her origins, her identity, her sibling love, which she would have professed in a spontaneous way--all that pertains to us and for which we don't have to be thankful. That uprooting gave her strength. The truth came to her from over there, from the United States, and she spoke with conviction about education and schools for black girls. "In the United States a lot of blacks have embarked on the road to overcome obstacles," she said. "Soon you will see the results. The first school will open here in Havana."

Josefa spoke about the children of the best black families. At last the Mother Superior brought the glass to her lips and Josefa took advantage to talk about traditions. She recounted, recalled, and evoked with vehemence, how much they had fought to make a way, to achieve a place in a society that scorned them, that insisted on disregarding them, on humbling them. The daily sacrifice of the family in order to obtain a university career, was the most to which they could aspire. Any position in politics, the arts, was only achieved with great sacrifice. At times no one knew by what strange and unexpected roads they were achieved. "Prestige above all else. No money, no, they wouldn't allow it, they had never allowed it. But living with decency..." Yes, they had a lot to be proud of and she knew it. Not to be forgotten were the greatness of Brindis de Salas, of Lico Jiménez and José White in music. Renowned titles, bestowed by the European courts of their day. They triumphed, they prevailed there, in the field of the most refined and exalted talents of their era. In the wars of independence we had won rights, and some day they would have to recognize us. The Maceos, Antonio Maceo is only one example among many, we already know. And now, professionals, doctors, lawyers like my husband, teachers. "So much sacrifice, Mother Superior, so many humiliations and backhanded insults that had to be ignored in order to continue forward."

"From Spanish times the blacks and mulattoes were admitted in the *cofradias* or brotherhoods. My grandfather belonged to the Brotherhood of the Miraculous Medal at Our Lady of Mercy's Church," she emphasized with pride. The Mother Superior shuddered and swallowed, her chin raised and lowered. Josefa interpreted that gesture as agreement, as an incentive to continue with the tribute to those of her class. "Yes, you are right, education, when all of us...Yes, they will accept us." The Mother Superior again raised the now half-empty glass and looked attentively at Josefa. It seemed to her that she was exaggerating with that talk of "the best families." The best of what, from where? In that altarpiece of decadence and disorder that evidenced miscegenation. We already know where you come from, she thought. Her eyes took on an authoritative look, which her lips tried to temper with a premeditated, mocking grin of maternal condescension. "It is about establishing a foundation, educating," she continued with emphasis. "It is about accepting those who want to enter for God's reasons and good customs. We have the support of the bishops, and soon I will return to Baltimore. There they will know the results of my travels throughout this island. We have already had support like yours and even some modest donations, but those will be useful. Soon we will make our dreams a reality."

~~~~~

The Mother Superior cut the tape, and the priest from the adjoining Charity Church sprinkled holy water and purified the new institution with incense. He blessed the refectory, the dormitories, the kitchen, the laundry, and the other outbuildings, followed by the invited guests who verified with satisfaction the order and cleanliness of the school. In the chapel he officiated the first mass. Father Eusebio would be the confessor for the sisters and the girls.

The patios and the cloisters of the big house on Lealtad Street were full of activity. The nuns, all North Americans, had learned Spanish, and they mingled with the future students and their relatives, all dressed in their Sunday best. Mr. Falcón, the music teacher and the only man besides the priest authorized to teach there, called for silence. He had composed the school hymn and had already practiced it with a group of the girls. He was a very thin mulatto, somewhat greying, and in his fifties. He had been recommended by the nuns, not only for his experience as a piano and vocal teacher, but also for being Catholic, educated in the Piarist school of Guanabacoa, married, and of proven morality. Mr. Falcón brought the tuning fork to his lips, and everyone in unison sang, "for Christ and for the fatherland this school is our home." The musician's hands struck the chords while he energetically moved his head. He tried to accompany and direct the choir at the same time.

Julia and Leticia couldn't hide their excitement. Finally, their dreams of new uniforms for everyday use and formal occasions had come to pass. They had their Italian straw hats, held firm with elastic under their chins, which made their cheeks even fuller. They wore long hose and mid-calf-length skirts to maintain decency. "A school of American nuns" they repeated with pride to their cousins who weren't lucky enough to attend. "We'll learn English," said Julia. "Oblate Sisters of Providence," Leticia, with a certain degree of grace, dared to mangle the language.

Every Thursday, Grandmother Engracia was seated in the back room, in front of the ancestral altar. The smell of perfume and the mist of white lilium, which she used in her bath, mixed with the smell of the flowers. The cup of the Holy Spirit with the blessed silver rosary from Mercy Church was filled with fresh water. The crucifix remained in front. On each side, three glasses for the rest of the spirits made seven cups in all, the sacred number. On the side table, she organized the cigars, the candles, the container of eau de cologne, and the bottle of brandy with its small cup. Martina and Miguel, her friends for life, were the mediums that accompanied her every Thursday. They had just entered. "I don't want so many people in the house. You three and that's enough. I don't want everyone to find out that séances are going on here," her daughter Josefa told her many times. Martina had brought more flowers, lilies and dark red roses called black princes. She herself arranged them in the vase. Miguel lit the candles, and the light they provided was to preside over the spirit session best known as a deed of charity.

Everyone took a seat. The prayers began and the shaking. The energy multiplied, and Grandmother Engracia half-closed her eyes from time to time, her head tilted back. Martina watched over her, attentively waiting for signs of the possession. "Keep your mind on God, on God, on God, on God," repeated Martina. Engracia's breathing became more and more rapid and more audible. "On God, on God," Miguel observed feeling between alarmed and expectant. Engracia shivered and opened her mouth trying to speak without success. "Come forward, advance, advance, brother," said Martina. Engracia closed her eyes and opened her mouth once again, tried to speak but nothing came from her lips. "Come forward, advance, in the name of God," said Martina energetically sprinkling some drops of perfume over her friend. Engracia's head began to move forward and then back with a rhythm that was becoming obsessive. She stopped. All of a sudden a deep and foreign voice sprang from between her wrinkle-scored lips. "Good evening," she said. "A very good evening," answered Martina and Miguel in unison, evidently relieved. "Mercy..." "Be delivered," was the response. Grandmother Engracia stood and her body steadied, balancing herself in front of the altar. The usual solemnity governed each one of her gestures. Her thin arms took in the space above the glasses. Small bubbles gave evidence of the energy that accumulated in the water. She said nothing more and returned to her seat. Martina hurried to shield her from any evil spirits that also might try to possess her, again sprinkling her hands with perfume. She poured a small amount in the hollow of Miguel's hand to allow him to refresh his neck and forehead. Afterwards, she herself did the same. Engracia suffered severe convulsions, then quieted down and planted her feet firmly on the ground. "It's Uncle José," Miguel said. Martina hurriedly filled the small cup of brandy and put it into Engracia's hands. She drank with pleasure. "Now that's the good stuff," they heard her say with a hoarse voice this time. Miguel passed her the lit cigar. Uncle José took a long smoke. "Congo, Congito, a true man from Congo I am. I came to earth to do all I can." They all sang.

Engracia was always trying to protect the house, the family, she had no rest. She consulted the beings, the mirrors, alert to any sign of disgrace, of danger. The memory of a detail from the day would cause her to toss and turn at night, making decisions to rectify the carelessness the following day. She scrutinized her daughter's and her grandchildren's appearance, looking for anything bad in order to exorcize it. Cleansings with herbs, flowers, perfumes, sprinklings in all of the rooms. Miraculous orations to prevent negative energies from coming in. The glass of water thrown towards the street to avoid all bad things. A comment. A subtle discomfort. The son-in-law's bad mood. Any obstacle could be attributed to envy, curses, spells that the guardian spirits of the house should help to eliminate. Lately,

Josefa, her daughter, seemed nervous, unsettled. Worried about the stability of her house. Whether troubled by justified or unjustified jealousy, it was all the same. She searched her husband's pockets looking for any sort of signs. One morning she caught her daughter holding a white linen cloth, wrinkled and still slightly damp. Engracia approached her and could see the surprise and disgust in her face. The two sensed the strong odor dominated by a scandalous and unknown perfume mixed with certain aromas of sweat and who knows what other unidentifiable fluids. Josefa looked at her mother with abandonment. She felt hurt.

School life turned out to be full of surprises and contrasts for the girls. At first they missed the home cooking, the mother's scolding, the grandmother's kindness, and even the father's arrival at dinnertime. Sitting around the table after dinner, when he had time and was in a good mood, he read stories to them that he had hoarded in his library. "There's still some books in there that are inappropriate for young girls," the father said. It was difficult for them to get accustomed to the new friendships, to waking up to attend mass while it was still dark. But what bothered them the most were the hard chores of cleaning, washing, and working in the kitchen. Was it actually to prepare them for their roles as housewives or house slaves? In the evenings, after the obligatory school subjects, they still had to learn and to work more and more. Embroidery, needlework, knitting. Julia applied herself and showed great talent. Leticia suffered. It was difficult for her to achieve the necessary patience to unravel the linen tangles, the exact precision for each stitch. "You have to have discipline, modesty, humility," repeated the nuns. "You don't like lentils? Well, you have to eat them; it's a small test. You have to eat some of everything." And the punishments, pinching, reprimands, hours of prayers kneeling on benches with corn grains incrusted in their knees. Hours and hours for the simplest disobedience, for the subtlest distraction during mass. Leticia suffered, tried to rebel, and was punished the most. "You need to control your pride. Penitence and prayer will help you," advised Sister Juana. Julia seemed to accept everything; it all was fair to her. "Fair? I can't believe it," she told her sister. "Sometimes I wish I could leave this place." "Don't be silly, and don't say that again. It's the best thing for us. Mama wouldn't allow you to quit school."

In that central neighborhood of Havana, the bells were heard at dawn. They rang over and over again. The sound is high-pitched or deep, brilliant or opaque. Now slow, then faster. Closer, farther, much closer. The bells of Sacred Heart Church are heard too. The angelus is like a conversation. Calling people to mass.

The girls' chapel is full. They, with their faces of all shades, sport their white Sunday uniforms. They wait, sitting on the benches. The mass has not begun and they're still whispering, laughing. Some nuns are entering the area from the cloisters. Blacks, mulattas, most of them young, wearing their black habits, the rosary hanging at one side, slightly above the waist. They glide in, with short, rapid steps. The long veil, rigid neck, makes them incline their heads forward somewhat, in a gesture that seems modest, reserved. And when they turn their heads to the side or towards the back, the weight of their habits forces them to rotate not only their necks but their shoulders too in a characteristic movement. They speak among themselves in quiet voices. They smile. They glide vigilantly through the hallways of the church, between the wooden pews. They observe the girls openly and out of the corner of their eyes. With only a look, they quiet or lower the tone of the ones that are laughing or talking too loudly.

The girls wait for the mass, the communion. In the same chapel, at the back, some fathers and mothers in their Sunday best talk with the nuns. At various times, Josefa had exchanged glances with the Mother Superior, who was greeting the parents in the back of the chapel. She had avoided her this morning. When she didn't have any other option, the two acknowledged each other without speaking, with only a reluctant gesture.

But prior to mass, to communion this morning, there was the Saturday confession. Father Eusebio, as always, had waited for the girls in the shadows of the confessional box, and those confessions were the motive for some of the girls' restlessness. The questions of that man, already past middle age, had bewildered them, carried them to a place that they had barely begun to travel even hesitantly. Father Eusebio began to sweat, to gasp. He took out his handkerchief and wiped it across his forehead where, smoothed flat, were a few sparse tufts of hair. He watched Julia's bulky chest out of the corner of his eye. The moist, half-open mouth of the fearful girl excited the clergyman. The usual questions filled her with doubt. They awoke in her feelings that until then were unknown. He tried to take her where he wanted. He aroused in her little by little the fascination of the forbidden. He provoked in the child that painful tension between curiosity and fear. The priest questioned, insistently, mercilessly, and incited in her the desire to experience pleasures that she hadn't even imagined. He forced her to confess, to deny and accept. He was conscious of what he was doing. He aroused her and guaranteed new confessions, new sins that had only been in his imagination and not hers.

Later, in the solitude in which she was to complete her penitence, instead of feeling the purity of her prayers, she associated the Our Father's and the Hail Marys with that overbearing tingling between her legs that urged her to touch her vaginal lips, her clitoris, and discover with pleasurable movement her most sensitive points. At times she seemed distracted and put her hand in the skirt pocket of her uniform so as to reach her vulva without being seen. Mixed within her was the discovery of pleasure and the bitter shock of guilt. She felt that her body was a space of pain, of fear, and this was how she began to become aware of it. She discovered punishment after masturbating, after the awkward manipulation of her vulva and clitoris carried her to a climax in which guilt and the fear of punishment were implicit. Then she inflicted punishment upon herself. She recalled the stories, the lives of the self-flagellating saints. She forcefully closed her fists, burying her finger-nails into the palms of her hands. She learned to mix this pain and guilt with the pleasurable sensations, without being able to rid her mind of the regret that would no longer leave her. For this, for fear itself, she had preferred the supposed security of the cloisters.

Julia enjoyed being liked by the son of Representative Marquetti. She knew that she could feel pleasure by merely coming in contact with that young man, by casually brushing her arm against his discretely erect organ as they danced. This made her feel anguish, and so did conversations with her girl-friends who had already experienced kissing, fondling, or who had seen things. She felt fear--exactly that, fear. She made the worst decision, escaping from these temptations. The cloister, the calling: here she would feel out of danger.

In time, Julia began to worry her mother with what she referred to as her "calling." Just thinking about Julia's calling terrified Josefa. The school provided a good education and all that, but from there to the idea that one of her daughters, Julia, would become a nun?--No, that was something she hadn't even thought of. Julia at times encouraged her and confused her, re-peating the words of Sister Juana, of Sister Sacred Heart, or of the Mother Superior, the founder. "One has to discover in the heart the calling, the road to love, in God, in the service of God, in charity, in education." "It is a task that is so necessary, so beautiful," Julia said to her mother and made her doubt, waver at the idea of seeing her wrapped in black habits, that daughter, who was becoming prettier each day, who could...

Julia insisted. "Are you sure?" said Padre Eusebio, her confessor trying to discover some mundane reason to choose the cloister for the rest of her life. Timidness or perhaps some hidden amorous disappointment that had caused her to flee from family, from the world. "I can give all my love to the girls, to the school work," Julia said emphatically.

During vacation days at home she seemed like a *calambuca*, as her grandmother said. Always praying with her holier-than-

thou attitude. Always avoiding dances and fun and the whis-
perings of Leticia with her cousins, with her friends who came
to visit them. Leticia, on the contrary, felt relieved of the nuns'
discipline and restrictions. "I'll talk with Papa. Middle school
yes, but only up through there. I'll get my high school diploma
at the Institute, in the street, like everybody else." "We'll see,"
answered Josefa. "It's not what you think." "They don't teach
good, Mama, they don't prepare us like they should. A lot of
praying and lot of needlework, but everything else is not so great.
You should see for yourself." "We'll see," repeated Josefa.

Julia no longer paid attention to her grandmother's advice.
She refused the baths with white flowers and perfumes to pu-
rify her, to better receive the spirits that, according to the grandmother, protected her. "You have a medium," her grandmother
had said. "You have the spirit of a gypsy that's with you step
by step. I've seen her many times, happy, full of life, moving
her seven, colorful skirts. You've seen her yourself, when you
were a little girl..." "Those are the devil's tools, grandmother.
My confessor...there they don't let us bathe naked. Those are
the devil's tools to tempt us. Even you should stop doing it."

Even though at first Josefa wasn't very much in agreement
with surrendering her oldest daughter to the Lord, Father
Eusebio, the girl's confessor, and with the encouragement of
the North American nuns, had almost been able to convince
her. "It's a gift of God, Josefa, your own daughter," the Mother
Superior had told her one day upon noting the uncertainty in
her eyes.

Those who received the call arose seemingly by the art
of magic. Many black and mulatta girls from Santiago, from
Cárdenas, from Havana. There was the story everybody knew
about Camagüey, where four received the calling in the same
house, the Luaces, a mulatto family of the highest consider-
ation. Yes, four called, four sisters wanted to be nuns. The ju-
bilant Father Eusebio said that such works couldn't happen
except by Providence. "They are fruits of the Spirit. The Lord

has blessed us, has blessed our work in this country," repeated the Mother Superior.

The Mother Superior noticed the change in Josefa's attitude that eventually led them to confront each other. There was doubt in her, rejection of the ideas that the Mother Superior supposedly had instilled in the spirit of her daughter Julia. There was indecision. For the first time, Josefa asked herself if it would be better to take them out of that school. The advantages of their religious education no longer seemed as convincing, as adequate. And such differences faced the two of them in a silent struggle. The Mother Superior, in order not to lose someone who may have received the calling, asserted her influence, those small triumphs that were part of the benefits of power she had always known. She had replaced the most mundane and unfamiliar decisions about love in all its facets, for a man, a woman, family, for the very students that she definitely didn't love. She governed them, she manipulated them when it was necessary and, with the conviction that what she was doing was best for the girls, she trained them.

Josefa now confronted the Mother Superior, that indecipherable woman whom she had dealt with all these years. She remembered the big difference from that first interview years ago in her house, when the school was still a project yet to be realized. She understood well now that ascendant, multifaceted character the Mother Superior had exercised over the pupils, in particular over her daughter Julia. She was capable of stalking them, of encircling them with their own thoughts, of programming the education that would carry them where she wanted. Religion, religious indoctrinations of obedience, sin, guilt, humility, of so-called poverty — because no poor students were there, ones who couldn't pay for the school. These were the habits that she had instilled in them, the organization of the school, the discipline, while everything was guided towards herself. Not all of them responded in the same way, it was true. But in the case of her daughter Julia, added to all of this was that Josefa had not known what to anticipate and that the Mother

Superior and Father Eusebio had realized that quite well. They imposed it to make the girl fall blindly into the hands of the calling: fear.

Yes, Josefa accepted the cleansings and the purifications with incense by her mother when she felt overwhelmed by something. She maintained an ambiguous relationship with the church. She wavered, as she had always done, between respect and social gesture. You have to move forward, you have to be civilized and arrive where they haven't let us arrive yet. If you have to, hide your power, ours, the true power, so that you can reach that place. We will do it. Mama remembered the time when there still was slavery. Thank God we have freed ourselves of it. We separated ourselves from the masses, those who still wander around doing nothing, without even knowing how to write their own name. We have to force ourselves; we'll be an example of good living. It's the only way to have influence in government, in the arts, in the sciences. Black nuns, who would have thought of that, and speaking English?

Just as soon as she allowed herself to be carried away by enthusiasm, she was carried away by discouragement. "Have we gone too far?" she questioned her husband. Always evasive, involved in his things, in the juggling of schedules and the comings and goings to the house of his never-discovered lover, he left all responsibilities to his wife.

Josefa had tried to scrutinize her daughter's eyes. Already the shape of a woman rose decidedly under the school uniform. She could have been wholeheartedly engaged in love and maternity just like she herself was when she was her daughter's age--a decision that she might later regret. As a mother and a woman, Josefa had observed many times that the girl didn't lack for suitors in spite of her apparent shyness. She was flattered by the requests of Anselmo, Marquetti's son, the representative. She had seen her shake her hips, relishing in the dances, in the *danzones*. Playing, joking around with Leticia in a way that didn't foretell the rigors and the severity of the cloisters. And what if it were a passing interest, a crisis, some disappointment perhaps, because of the relationship between Anselmo and Aída, a discord that Julia hadn't by any means expressed. Those things, those mysteries of the soul that she as a mother should know how to discover. Something that well could have been cured with another adolescent love. There were so many eligible young men! Those that perhaps could make Julia happy in this world and not in that other.

Then Josefa once again felt the need to turn to the beings, to those beloved vibrations whose presence she had felt very close to her so many times, to the furtive shadows that crossed the corridor even before one could clearly define their whereabouts, to those who could only be talked to in dreams. For a long time she had evaded conversations with her mother about such themes. This evening, she sat down with her, with those who lent their bodies to the entities that no longer moved in flesh.

She wanted to know about Julia, about her daughter. "Let her choose her path. God will not let her fail. There is nothing you can do," proclaimed the ecclesiastic, his voice serious. Josefa felt the coldness of his words. Her daughter was on the verge of taking the irreversible road of the habits and she, desperate, turned to the spirits. Such a seemingly impersonal answer felt to her like a rejection.

Engracia and Josefa were face to face. They were about to fold the stark-white sheets. Engracia had urged her daughter to help her. She only had to look at Josefa's eyes to confirm what she had been noticing lately. Something had been deteriorating between the two of them and she was prepared to put a stop to it. Her daughter Josefa was distancing herself. She took the two corners of one end of the sheet and Josefa copied her with the other end of the linen cloth with borders finished in a fine weft of embroidered hem. More each day, the daughter distanced herself from her beliefs, putting herself outside the reach of the protection that her mother had always professed. She noticed when her daughter stopped sitting next to the spirit's altar on Thursdays. When she stopped consulting her about the things that she knew were upsetting her so much. She looked at her daughter's face. She seemed sad, perhaps a little tired, and the older woman searched her eyes. The daughter averted her own gaze and receded a few steps. The piece of cloth was extended. Engracia brought together the edges of each side and Josefa receded a few more steps. The tension of the fabric tightened. Engracia again searched the eyes of Josefa who was trying to avoid those of her mother. But the daughter had no choice but to return the gaze with sincerity. She was sad, yes, worried, tired and confused with all the conflicts that had accumulated in the last weeks: Julia, her husband. Engracia's more experienced hands folded the sheet once more bringing together the corners and Josefa followed her. The two stepped back to smooth the fabric. The sheet was now folded in half. They walked towards each other to join the four corners. Their hands grazed briefly. They were face to face and very close. They distanced themselves once again to stretch the sheet now folded in four parts. They shortened the distance between the two. They now approached each other once again, face to face looking into each other's eyes, ready to bring the four corners together finally. The two of them each time closer, closer. Like supplicants, the eyes of the daughter surrendered. Those of the mother returned a gentle, warm look. The silence that remained between the two of them did not impede the current of emotion when their hands united for the last time. The grandmother could see how Josefa's eyes no longer hid her sorrow and weariness. Certain misunderstandings, feelings, certain attitudes began to disappear. It seemed that everything was becoming clear between them, as if the line of communication had been restored. The mother's apprehension was disappearing, had defeated the defensive attitude of Josefa. The sheet was perfectly folded and the two remained very united. Engracia received her daughter slowly. Josefa gave in to the embrace. She sighed.

One evening while still overcome by doubt, she traveled by car towards the other side of the city. She was going to consult a *babalao*, father of the unknown. She arrived desperate, but with all the humility of what she needed to know.

A man of an indecipherable age welcomed her, made her move to a room that was small with nearly bare walls. A simple, light sleeveless jacket and immaculate white, cotton pants extending half-way down his legs were all he wore. The hat, also white, protected his *eledá*, that head that had been crowned in his due time, in which was concentrated all force and all vulnerability, the infinite roads of apprenticeship that is life and which guides us in this world and leads us to another. A simple necklace hung from his neck. The *idé* of green and yellow beads on his left wrist was the symbol of his royalty. Majesty came to him by way of knowledge. Josefa felt that she was before a king.

They ordered her to remove her shoes, yet her gray dress suit and jacket of the most elegant style seemed out of place. She bowed down on the mat with the humility of someone desperately needing the truth. It was then that she remembered Mama Leona. Leonila, her grandmother, the true mother of her mother, the one who didn't participate in *cofradías*, nor past grandeur, the one they didn't talk about, the one who had remained buried in the memories of the family. She, a slave, had acquired her freedom and that of her little mulatta daughter, thanks to the white owner, the father of the child. She still suffered in the ruins of the shanties of the Limones plantation and from there she arrived even to those dreams of her own daughter, Engracia. She remembered Leonila's *Itutu*, the final ceremony in which Yemayá, the everlasting mother, possessor of Mama Leona's mind, wanted to stay with Engracia. Perhaps to protect and continue that lineage that had come with her from Africa. Engracia refused her; Josefa refused her. All the receptacles of Mama Leona's *orishas* began to break one by one. Josefa again felt the unmistakable sound of the clay smashing. There the thread of that lineage was broken forever. The unpredictable consequences of the act now resonated in Josefa's heart. Suddenly she understood the magnitude of that loss. She was there, in that very different place in the church, in the chapel in which she had taken her first communion, in the church where she had married, in the nuns' school where her daughter could remain separated from everyone forever.

On the divination board, the *babalao* removed the ancestral dust. He drew signs that he erased and returned to draw in a sort of frenzy. His face transformed with an unusual energy. Very rapidly all emotions seemed to pass through him. His eyes wide open, without looking, were fixed on one point. It was Yemayá herself. But it wasn't Asesú, it wasn't Mayeleo, it wasn't Achabá nor Okute, it was Ibú Aganá, Agwalarú. An uncontainable sea sound invaded Josefa's head and made her tremble and cry out.

That king, that sage who had received her with apparent indifference, embraced her. Ifá says that "the dog has four feet but follows only one path."

Trillo Park

Trillo Park occupies the block between Aramburu, Hospital, San Miguel, and San Rafael Streets, in the very heart of the Cayo Hueso barrio, in central Havana. It is a rather parched area that has never been able to give the appearance of even a garden because a good lawn has never grown there. In the middle, there's sandy soil with a few blades of grass sprouting by the grace of God. A few almond trees give so little shade that when the sun is strongest, the park stays nearly deserted. Two ceiba trees towards the side along San Rafael Street and a statue of General Quintín Banderas on a modest pedestal are the park's only relevant details. At the foot of the ciebas, nearly rotten plantain bunches tied with red ribbons, dead chickens and dark roosters accompanied by copper coins, and other offerings to the *orichas* demonstrate the profound religious calling of the barrio. The first statue of the General wasn't done to the liking of the black veterans of the War of Independence. They perhaps hoped to see the resemblance and dignity of the hero with whom some had fought in the hills. Finally, for the inauguration, they brought the one that's there now. Not much better than the first, but the veterans firmly stood there listening to hypocritical speeches about the great generals of our wars, including Banderas, who was one of the most mistreated. His mistreatment culminated in his defenseless death by assassination. There they sported their commemorative medals, disillusion and poverty. No one knew why the statue was placed halfway between the block toward San Miguel Street in front of the façade of Cine Strand, the neighborhood movie theater, and not in the middle of the park. At that time, many establishments and small businesses were situated around Trillo Park: the Cine Strand with its illuminated façade spilling light over the benches that faced San Miguel Street; La Confianza, a store run by Polish Jews with glass windows, the biggest in the area. Isaac, the owner, would go out to the sidewalk to engage with the passers-by. He was always amicable with possible clients. He would wipe the sweat from his brow with his white handkerchief, sighing with relief, as if he had just saved his family from the cold and the pogroms that had persecuted his grandparents. There was also The Gran Vía, a café that was very crowded at all hours, and the Villalbesa, the pawnshop. Many people from the barrio dropped off their gold chains, rings, and bracelets bought in installments to flaunt them during the fiestas at Polar and La Tropical and to compensate themselves from their own poverty. They paid desperate interest rates with the hope that they might be able to recover those symbols of prosperity which never arrived. Now, those objects could always remain in the hands of the "godfather." Around the park there was also an automobile body shop and service garage as well as a soda shop complete with six pound bottles of cola. The seltzer water was mixed under pressure with flavored syrups, making the gas bubbles surface, sprinkling the tip of your nose and tickling your throat. The sandy cul-de-sac served as the field for the kids' baseball games when they were let out of school. It was their playtime. Trillo Park was also the place where they held meetings during bitter political campaigns, for fights, and according to the lyrics of a well-known *danzón*, the site of Patomacho's death. Worker and student protests were held there too, and year after year people enjoyed watching the neighborhood *comparsa* pass by, a street conga called the Washtub Composers, or whatever other so-called instrument they had. Cucaracha! Cucaracha! Cockroach! Cockroach! Super skinny with her mid-thigh dress, leaving her unsteady legs visible, always walking diagonally, kind of crooked. First fast. Then slow. She looked back with fear and hate at those who might ruin her outing. She stopped defiantly. Her belt tied very high, nearly below her fallen breasts. The bright lipstick extended outside the lines of her lips with the inevitable splotches of rouge. The neckline revealed smudges of talcum powder. She looked like a cockroach that had just crawled out of some ashes, somebody once said, and the name stuck. Cockroach! Cockroach! they shouted until they managed to get her furious. I've got your cockroach right here! She lifted her dress. The laughter grew and grew. Cockroach! Cockroach! She didn't know whether to leave or to stay. The cruelty made her shift from rage to impotence. Cockroach! To crying. She tried to run and slipped nearly to the point of falling. Cockroach! And she left. She left with her face smeared with tears, rouge, and anguish. Cockroach! Cockroach! They called out mercilessly.

We never saw him drinking in a bar, nor at the counter of a corner store. He didn't carry a bottle in his hand. At least I never knew where in the barrio he lived. But there he was, the drunk. Always was. A graying man of shorter stature who wanders along the adjoining streets but also preferred Trillo Park. Never sober, nor well dressed, nor clean. Falling, throwing himself on the ground in an eternal drunkenness. He was the drunk, and he wasn't known by any other name. Now is the time! Supervielle for mayor! It was the shout that was hurled over and over, provoking the hilarity of some and the astonishment of others. Supervielle for mayor! It was the slogan that twenty years ago had brought a mayor to power who tried to be honest and committed suicide because he couldn't fulfill his electoral promises.

Crossing the park is a mother with her epileptic son. He was already mature, in his forties, his wide forehead prominent above his brow. She was fragile, skinny. He would walk with his hands crossed behind his back. She would follow him at a close distance. He continued, slow, bothered, almost upset by the obsessive persecution. She maintained a distance. He stopped. She stopped. He advanced. She'd advance. Like this for years and years. He was sullen. She grew older each day, dragging a swollen foot. Without respite.

But Trillo Park was among other things the park of dope fiends and marijuana. From very early in the morning, already anxious at that hour, they headed there trying to obtain the herb. "Julio Angulo is successful because he doesn't lie." At the corner of Hospital Street is a *jíbaro*, a dealer. A tall, strong mulatto with two gold teeth to replace his missing one, his locks of hair trimmed above his ears. Always diligent with his packet discretely under his arm. "Mexican grass and grass from La Sierra are the best." He never carries large quantities with him, in case of a "sting," only what he can sell at the moment. La Chinca, his girlfriend, was in charge of bringing him his supply little by little. Sometimes he sold it mixed with leaves from other shrubs. The effect wasn't the same. The buyers didn't want to smoke but rather to get "smoked." The dope fiends were recognizable by their light step and their paleness. They arrived enveloped in a halo of somber warnings. Look, there goes one, a dope fiend! Surely there must have been dope fiends who were fat, medium, or stocky, some short or very tall. But I only knew about those emaciated figures with unshaven faces and with their clothes worn out or frayed because they preferred the yearnings of a joint at the expense of renewing their shabby wardrobe. The arms of the dope fiends hung down with a certain laxness that revealed the fact that they were in no sort of hurry. Their hands ended in fingers sharpened on purpose to roll their cigarettes. Their fingers were sometimes stained, with dirty and unkempt fingernails. Their eyes were the most revealing sign of their intoxication. The sleepy look. A smile on their lips, later a laugh that erupts all of a sudden, surprisingly, smoother than it should be. There were, nevertheless, exceptions. Octavio and Charles, the sons of fat Elvira. Octavio ducked into the Cine Strand to hound on women whom he wouldn't have dared to try without smoking. He would create a scandal whenever they protested. Charles, his brother, normally harmless, became the boldest and craziest of exhibitionists, exposing himself below the statue of General Quintín Banderas without the least bit of fear. When the fortunate ones were finally able to smoke, they ended up sharing, selling, or lending the herb, sitting in the semicircular benches facing Aramburu Street. Together, but separate. Absent at first, and then willing. Their hands were half-hidden to smoke the joint, held backwards with the flame towards the palm in case the police came. In the evenings the park was nearly deserted. The boys hadn't returned yet from school. Each one of the fiends envisioned a different dream. The brothers Octavio and Charles sitting on one of the cement benches, kept apart from the others, thinking perhaps about the women they weren't able to have. Then the black man arrived who used to have everything, and he sat between the two of them, as always. He wore a caramel-colored suit, frayed but with the tie knotted tight. He tried to maintain the elegance of other times. Extremely thin, he appeared older than he really was. Octavio and Charles immediately made a place for him in their mental wanderings. They spoke facing forward without looking at each other, their gaze fixed on a point somewhere beyond the landscape of the park. The skinny black man smoked because he used to have everything. "Everything, brother, everything!" He had lost everything and no longer had hopes for anything. "Yeah, you were lucky," began Octavio, and he let the other man speak. "I put in a lot of work, you know. My old lady cleaning other people's clothes, stuck to a washing board, and I'm selling newspapers, shining shoes for half of Havana trying to earn a few bills. All of a sudden, Yiyi, Yiyi the champion, the grad champ brother. Money, fame, women, the world at my feet. It all happened so fast." "If I were black I would straighten my nappy hair like you. You always had your pomade when you fought as a kid. I dreamed of being like you," Charles said, taking part in a conversation that had been repeated many times. And the black man who used to have everything, who had lost everything and who no longer had hopes for anything, continued. "Here blacks are nothing. That's why I had to win, brother. If you can't win in business or in politics, you have to throw punches, you have to do it with style and be the best, the best, brother. I was the best. And you know, tons of suits, tons of shoes. And parties, champagne flowing." "And the gold chains that you always wore," Octavio reminded him. "I was the best dressed in New York, the best dressed in the world in those days, brother, in the world. I stopped traffic on Broadway! And the blacks there, the Americans, they used to look at me, and shout at me, they thought I was some kind of idol. The black kids, you would see them waving, little things, and they would fight over who would shine my shoes. They'd say, 'I'm going to be a champion too.'" "And the Garden champ, what's Madison Square Garden like?" Charles had asked him that question many times. "Huge, brother, huge." The three of them could see the lights, hear the whistles, the delirious shouts from the multitudes that rumbled like the sea. "Like a sea of people and you knowing that all of them are there to see you. All of those people watching your fists, how you move your legs, to see if you can beat your opponent. All those people. The millionaires, the men and the well-dressed women with their fur coats and their diamonds, watching you. The famous people, the musicians, the famous actors that you see in the movies. All that, just like in the movies. Their voices get even louder, the whistles, the mayhem. The legs of a champion are light like a dancer's, and his fists are quick, invincible. I had a lot of speed. The people would go crazy, because you know us Cubans, I boxed almost dancing and I was deceptive. I looked smooth dancing and deceptive because they couldn't hit me. My motto was hit without getting hit. I had an uppercut that would catch my opponent's nose. And another thing, I did what was least expected, I would think of things on the spur of the moment, surprising my opponent and even my manager who knew me well. And the victory, my arm raised time and again, and the smile, the praise. And always the shouts, the whistles, always the shouts." The three half-opened their mouths. Now the victories were in the gaze of the champion. "Shit, but they robbed you in that one fight..." interrupted Octavio. They always arrived at this point. The champion got agitated, became furious as if it were possible to rectify the past. Then Charles, without looking in his direction, got him to change the subject. "And the chicks? I know you screwed whoever you wanted to..." And the black man began to think about the women. Beautiful, smiling and along with them, a certain kind music, a perfume. And Octavio and Charles took a deep breath, anxious, sharing the chicks the champion had had in those days. "The French girls, the blonds, the women that I'd never had, eating from my hand, brother. They gave it to me, they chased after me. They snuck into my dressing room, into my hotel room. One snuck into my bedroom. And I didn't even know her, didn't want to let her in, but she said yes, started taking off her clothes and she was fine, real white, looked like snow but she was fire. She had small breasts, brother, with big pink nipples, and she threw herself on top of me, with that perfume that she had on, and she grabbed hold of it and I was, you know, lit up right away. She screamed at me. "Fais l'amour l'amour!" Octavio and Charles were delirious. "And then?" asked Octavio anxiously, though he already knew the story by heart. "The wildest, brother, she was nonstop and she screamed and screamed. Until the morning, brother, she just about killed me." Octavio and Charles cried out an "Ah!" in unison, nearly orgasmic. "She was blond, that hair that seems like silk." He saw himself young, naked and beautiful with a body that was desired by women but also by photographers, by sculptors. "They criticized me because I was a womanizer. The managers, the sponsors, only wanted me to be a champion in the ring, but I wanted to be a champion in bed too. I wanted to live, brother, to live." Octavio and Charles could see it all. Until the black man who used to have everything, who had lost everything, grew sad because he no longer hoped for anything. All of them continued floating in an apparent daze though not really. There always remained at least a minimum of attention in case the police arrived with their customary raids, the raids of the Trillo

Park dope fiends, among those who went unnoticed, those who liked to buy it, roll it, and smoke it right there. Not in the intimacy of their homes, nor in some hotel with a woman, nor within the narrow rooms of a pay-by-the-hour motel. Energy was only visibly mobilized at the moment of the raids. The police hit the ground with their clubs and those previously listless people, those souls patiently populating the park, mobilized with surprise. And contrary to expectations, they were capable of running, of finding a hiding place in the Cine, in the bathroom of some nearby café, of simply fleeing as far as possible.

In the pages of the evening newspaper on one of those days, and for lack of any more significant news, Julio Angulo appeared in the gossip section. It was already being talked about around the barrio. "They got him and La Chinca too." In the photo he didn't look the same. Evidently he had been forced, by violent means everyone guessed, to look at the camera. His eyes were infused with a rage that in no way resembled his customary transactions. In front of him, a table full of wrapped packages and a large quantity of rolled cigarettes side-by-side. "Julio Angulo is successful because he doesn't lie." His arms were crossed, he was glancing down, his thoughts on the lost money. La Chinca was treated brutally, as usual, since it concerned a black woman. Her hair, her matted naps, sticking straight up. For this newspaper, she was the very image of transgression. La Chinca looked out from the pages with hatred. The hunger, the frustration, and all the abuses of her life, of her man, of Julio Angulo her latest one, and the previous one, and the other one, and all of them, gathered there in her look. She hadn't told everything that she knew so as to protect Julio. She knew very well that he didn't deserve it, that he was capable of burying her in order to come out clean. But she was a woman and she had her way of doing things, her principles. No one around there could say that she was in cahoots with the police, much less that she was afraid. She stared at the camera defiantly. When she tried to smile, she merely managed to show her teeth with ferocity, more aggressive even than a man.

On one of those hot evenings, grandmother was reclining as always in front of the window sill that faced the street. She was a very white mulatta, and her hands, already lined with veins, were covered with big, tan freckles. The furniture in the living room, a mahogany and wicker set, was a little dusty. A natural-colored tarp with navy blue flecks covered the piano. It protected it from dust, or rather disguised the deterioration of the instrument, the piece of furniture that attempted to give distinction to the house. The door to the street was open as always. An unmistakable odor preceded the scandal that was getting nearer with each moment. That evening, many of the dope fiends ran away from the police, who seemed more inclined to scare them than entrap them. At least it was obvious that they couldn't catch all of them. They handcuffed two or three to justify the fight against drugs, against dealers, against dope fiends. Grandmother recognized the black man who had lost everything. Without hesitating, she headed towards the door and beckoned him to enter. The black man who no longer hoped for anything was surprised, but entered the living room with the haste necessary to avoid an imminent arrest. He looked thin, the pronounced bones of his face outlined his future skull. "Sit there!" the grandmother ordered authoritatively as always. She closed the door and he fell into one of the armchairs. "Say it isn't so! I couldn't let it happen. The glory of Cuba! That you get caught in a raid of Trillo Park dope fiends. Stay here until everything passes over. And it had to happen to somebody black!" The black man who had lost everything, who no longer hoped for anything seemed absent, still not conscious of the danger or the immediate scandal if they had arrested him. "I'm going to get you a glass of water," said the grandmother heading towards the interior of the house.

The grandmother repeated that anecdote whenever the occasion presented itself. My brother and I were proud that it happened in our house. But we stopped talking about what happened a few days later when other events caught the attention of the people in the barrio. One afternoon there was a rumor that Ava Gardner and Dominguín, the bullfighter, were in El Colmao, the night spot on Aramburu, and a few of us curious kids ran to stand on the sidewalk in front to see them leave. Eva, the daughter of Juan, the owner of the soda shop facing the park, took advantage of the old man's blindness and converted the soda shop into a questionable bar, frequented by some of the feared Masferrer Tigers. They caused a ruckus with their pistols at their sides shouting, Viva Batista! and threatening everybody. They made it so that the children withdrew to their houses, the group of kids no longer played ball in the evenings, and the dope fiends disappeared from the park for good.

Over the Waves

The large conga drum marks three-four time, and it is a waltz. A waltz and not a rumba, not a *bembé*, not a call to the saints. A waltz. It is a waltz in the hands of a drummer capable of invoking thunder. He is a young mulatto. He sports the dreadlocks of the rastafari. His feet are sheathed in white Adidas tennis shoes. His printed pants cover agile legs that mark the rhythm while suspending the conga drum. His chin rises and shakes. His lips curl involuntarily with each twist, each change in intensity. From his vantage point, the drummer spies cheating, gambling debts, foreign women. Yes, it's true that the dice were loaded and the cards marked. I had to leave, kicked out of Jovellanos. I kept winning and winning as if I had a pact with the devil. So much so that I got going with La China and we didn't stop until Havana. Horacio ended up without cash or a woman. But it wasn't my fault. She was the one who wanted to come with me. Oh, the good times I had with that woman! With her little gold tooth she looked as if she was making fun of you when she laughed. She's not pretty, but she has a body and she knows how to work it. This drum is mine. Chango gave me the touch I have, and here I am, struggling with this band of violins. Well, I even bought a jalopy, a '51 Buick that, believe me, is cool for our travels. There's no way to catch a ride on a motorbike or a taxi with all those instruments. Now with a vehicle like this, we can't keep up. They need a violin at one o'clock in Cayo Hueso, another at five in Old Havana, and the last one at nine in Alamar. Just like that every day. You can make big money, big money. You get the toasts, the bottles of rum, the cases. Big money, my friend. The violin sings a familiar tune. It's *Over the Waves*, the waltz by Juventino Rosas, the Mexican. The virtuoso is a middle-aged mulatto. He wears a light blue, short-sleeved guayabera that's impeccable. Dark pants, worn but well-polished shoes. Everything about him contrasts with the rest of the musicians.

Before, I used to play with Aragón, and now I play for the dead. Well, the living and the dead; that's how things are. I composed the repertoire of the violins and now everybody in the world plays it. If it weren't for the dead, for the saints, for all those people that hire us, we'd be struggling, because retirement ain't worth the paper it's printed on, as the saying goes. With Aragón it was different. It was during the era of Rafael Lay and Richard Egües. Lay passed already, may he rest in peace. Egües still lives from his music. Even Nat King Cole performed the *bodeguero's* songs. I have my beliefs. The beings that accompany me, they give me sight. As soon as I started to get involved with all this, hunger left my house, my brother.

The one on the guitar plays his instrument with gentleness. He begins a chord and it seems like you're going to hear a bolero, but no. He's a tall, thin black man. He wears a name-brand shirt and colored necklaces. My guitar, the *feeling* songs, that's the style that I like. I play certain weekends accompanying Migdalia, if I have time. She sings *feelings*, what the people call *feeling boleros*. She's a fine singer and she's fine. Well, she looks good to me, but she's never given me a chance even though I know that her boyfriend, as she says, is a shithead. He doesn't measure up. You can tell. Migdalia sings a few songs by José Antonio Méndez. I arranged them. He's definitely the King. Well, every now and then I used to drop by Saint John, and he would add his own touch with his raspy, smooth voice. I wish you understood me, I wish you knew where I'm coming from. And I'm paying attention, figuring out the chords so I can put them together for Migdalia. I have Obatalá, my saint for the last ten years. But like my godfather says, you have to walk with spiritualism. *Ikú lobi ocha*: without death there's no saint. Right away I started to heed them, to, you know, do what I was supposed to do, a cup of water here, a little flower there. Then Lorenzo, the guy who used to play violin for Aragón, came looking for me to play on this tour. In the songs for the spirits, I stick in my *feeling* chords: The chords by the King are real popular around here. I can't follow Migdalia like I used to. She's still busy singing in the Community Centers, and that gig doesn't pay at all.

The singer, her hair styled in large braids, sits and then stands as if her large buttocks can't get comfortable in the seat. Oh, the spirits of the dead! All my spirits of the dead! Now here I'm the singer. Ever since I was a youngster I saw things; I felt chills. Sometimes I'd even pass out and they'd have to put a damp rag on my face so I could regain consciousness. La Curra, my mama's *comadre*, used to tell her, you have to develop it. This child has a very beautiful road ahead of her. She's a spiritualist. Forget about anything else. And when I grew up, I had to knock on Roberto's door, ask him for charity. I didn't have a job, sleeping on the floor at my friend's house. I had come from Guantánamo to work part time as a maid at the house of this guy my people knew, a big shot, one of those colonels in the military. An easy guy, true. And go figure, in a short time, there we were, the two of us. One night, his wife caught him as he was leaving my room. And you already know. Fireworks! Roberto taught me things. Every Thursday I would go to his house if there were a mass or a session. I was running out of options. Out of the blue, I got a job as a receptionist at the hospital. I saw the sky open up. Later came that thing with Gilberto. Now that's what I call love, because I think the world of him. He took me to Los Pinos to live with him. It's a little house, but we're fine. Afterwards I started to sing. I didn't want to leave the hospital, but I had to make a decision and here I am. Now I'm the singer for the violins. The bad thing is I'm always upset. Gilberto likes to chase skirts. Plus he likes to drink, and since I'm always away from home, it's scary. I asked Juliana, that real black woman who helps me a lot, if she would keep an eye on Gilberto to see that he doesn't like any other women more than me. Every so often I have a mass offered in his name. I even went in with the guys from the group and gave him a violin. We had a big celebration.

It is a violin--a violin for the dead, for the spirits. The sitting room of the house on Animas Street is full. The waltz *Over the Waves* accompanies the devotion of all.

The feet of the old woman drag, go forward, come together, and separate. Her body turns slowly towards one side, towards the other. A subtle half-smile conveys her profound pleasure.

From Paso Franco? No, son, no! I was born in Santiago de Cuba in the Los Hoyos barrio and I've always lived there. So I follow the group from Los Hoyos. They're my people and they're the most famous. I'm always in a good mood because I like to dance and forget the bad things, my son. Hey now! I've worked a lot. I raised six children: four boys and two girls. My husband was a good man, may God keep him in His glory. But he was very strict, very demanding. For him, the goat, the *ay-acas*, the sheep all had to be cooked right and he was the first to eat. When my children left home, he didn't change. That's why when I buried him I swore that I wasn't going to cook for anybody anymore. I was through slaving in the kitchen. When it's time for carnival, I'm getting in behind the conga line. I don't care if I'm old. I'm having a good time all the same. If there's a *bembé de sao*, any kind of fiesta, a mass, I'm going 'cause I've worked enough. Now I'm all over the place. I go to my daughter's home in the District or other times I'm in Palma Soriano with my sister. And most of the time, I'm here in Havana with my other daughter. I help out, yes, but cooking--never. I don't cook anymore. And yes, I have my sessions with the mediums and I do what I'm supposed to with the dead. I believe and behave, but I enjoy myself, here with these violins that I love or with the conga line over there in Santiago, where they have the most flavor. You dance it like this, with your partner behind you, guarding your tail.

Nailed to the wall is the altar--a small, low table. There are glasses of water, flowers, cigars, *aguardiente,* and perfumes, so that everyone can be cleansed. A lighted candle. There are still a few stragglers entering. The singer clears her voice with a shot from the bottle of *aguardiente* as *Over the Waves* is played. The people dance a little. They follow the steps of the waltz. They gradually quit. The large conga drum, as if it wants to rejuvenate them, marks a different rhythm. The drummer leans his head back. He rushes forward, changes. The beat becomes more intense, more rapid. Now let's row, let's row, let's row. Everybody sings. Let's row, let's row, let's row. It's a rumba. They keep pace. They toss and turn. Let's row, let's row, let's row, the Virgin of Regla is with us in tow. Their faces become animated. Their bodies follow the rhythm, enjoying it. Everyone at the same time. The drummer gives a flat blow to the drum. The violin and the guitar fall silent. The singer, now with a serious face, stops in front of the glasses of water, the flowers and the sparkling candle. She closes her eyes and exhales. Mariner, mariner. The chant is pleading, imploring. Mariner of the high seas. A prayer. Lend me your boat so I can sail where I please. They look at one another. The chorus responds. Mariner, mariner. They are not alone. If a being arrives at your door looking for charity, don't refuse him brother; God will pay you for your good works.

For the light to ward against the dark spirit that brings bad omens and doesn't let me sleep at night, a stolen mass in Mercy Church. For the return of that man that I no longer have in my bed, seven baths for seven days with seven different perfumes. For the money that I lack, five yokes and a lot of honey. For settling the unrest in my house. For the traveler who doesn't arrive. For those who are shipwrecked. For those who have died at sea. For those who sink in darkness and terror. Mercy! They are watching. The beings are there. Silent shadow, imperceptible, sound, music, moan, flat beat of the drum, wail of violin, the emptiness of a glance, the brush that you feel though nobody is there. The drummer closes his eyes and his swift hands attack the instrument. The sitting room is the sea, the kingdom of Yemayá who shakes it with her seven skirts. The walls, the floor, the ceiling, incline towards one side like a rocking ship. Yemayá has a fish made of silver in one hand and a boat for everyone in the other. The singer seems to hover above the floor. The old woman turns and turns, attracted by the light of the altar. The musicians have continued playing with their eyes closed. There is no day below the sea. There is no night below the sea. The drummer plays. He is seated before his large conga drum as if on a throne. He is a king. Yemayá rocks the boat of those who want to escape by sea, of those who fear. They have gone off course. They are adrift. They curse the calm that doesn't carry them anywhere. Later they beg, terrorized by the enormous waves that make them touch bottom. A flat beat on the drum, another giant wave, and they are left afloat.

The rhythm grows quicker once again. It is a rumba. Let's row, let's row, let's row. Their feet are freed. It is an energetic dance. Let's row. It grows louder. Let's row. Some begin to smile. Their bodies still bask in the rhythm. They interpret it. They recreate it with each beat. Let's row, let's row, let's row, the Virgin of El Cobre is with us in tow. There he is. At the side of the altar is Juventino, with his closed, melancholy, Indian-like face. He wears the very clothes in which they buried him in the cemetery of the little coastal pueblo: a black suit with his tie knotted tight. All of them approach. They bristle, they sense him, they see him. A hazy silhouette that dims the light of the candle. A face, some eyes in the water of the Holy Spirit's glass. A subtle shiver that climbs up your back, reaches your head, and is felt in the upturned palms of your hands. To others it almost seems as if they can touch him just as he is, pale and present. Not standing, or seated, suspended in desire. Not asleep or awake. Not now or centuries ago. Looking at us from that remote corner of time that we can't define.

In the sitting room the sick boy's chamber now appears, the kiss of the mother on his burning forehead, and the Indian kneeling beside him whispering an indecipherable prayer for his cure. The boy seated before his piano, playing never-ending ascending scales. The garden with its birds and flowers. She is there and the kiss, the surprise of love and the grief of the farewell. The ace of gold, the triumph, and the waltz. The entire sitting room is the waltz *Over the Waves*. He has arrived accompanied by all of those beings, of all of those places and moments. Beside the drummer, the boy. Next to the singer's chair, the kiss. To the right of the violin, the love. To the beat of the old woman's steps, the waltz. Here, too, is the covered man who pursues him time and again through a tortuous and dark street in a recurring dream. His face cannot be seen. His face will never be seen. The skulls are over the tombs on the day of the dead. A fatal letter that arrives at one's door. The astonishment. A fright. The same obscure man that still pursues him. This man does not carry a knife or a revolver. He does not want to kill him. He is not going to kill him. It is death that calls. He is here in the midst of everyone. That paleness, that engrossed look betrays his loneliness. The loneliness of the north wind pounding the beach and the monument with his name in that cold and nearly naked plaza that the neighbors in the small town erected in his honor. It is said that he arrived after a hazardous and bizarre voyage. He had experienced resounding success in all of Mexico with the waltz *Carmen*, dedicated to President Porfirio Díaz's wife. Afterwards he followed a tour that took him to Texas and later to Havana. But adversity and pain had also mixed strangely with glory. The death of his parents, amorous disenchantment, sickness, tuberculosis. He played in Sancti Spiritus and in Guantanamo, but his musicians began to leave him little by little. It was never known why he never arrived at Santiago de Cuba where they were waiting for him. Or why he chose this particular place. The uncertainty of the sudden solitude brought him here, to this unknown pueblo, as if a premonition of rest, of finality. Those who saw him disembark from the schooner that brought him say he already seemed old in spite of only being twenty-six. He made the pueblo of Batabanó famous. It was a place in the world, only because it was here where he was buried. Only because here he stepped on this earth. Over the waves. They are not the waves of the Danube. They are not the waves of the Mediterranean. They are those from this sea that devours everything with its saltpeter, enlightens everything with its shades of blue during the day, and under the stars darkens or makes everything brilliant when its shadow stops before the shore.

Over the Waves. Here it has been invoked and here it is. The old woman advances towards him carried by the rhythm of the waltz *Over the Waves.* Her feet move forward. Her serene, focused face surprises the onlookers. They make way for her; they stop. She continues dancing *Over the Waves.* The large conga drum also stops, changes, and now marks the rhythm of the waltz. The violin sings *Over the Waves.* She dances. Each step of the waltz transforms her. Her dance grows quicker. Someone feels brushed by a diaphanous fabric, but it's only her tight cotton sun dress. Her legs with their varicose veins take flight and she turns like a Viennese ballerina. She approaches Juventino. She is the young Porfirio Díaz supporter, frenchified in spite of her very brown skin and dark eyes. She approaches, dancing. There she is, in the murmur of her skirt as she turns, in the intense aroma of a camellia attached to the neck of her dress, in the whisper of unintelligible words that only he can decipher. There she is. Juventino is here next to the altar. All the desires, all the emotions are directed towards him. Now he is hope. The singer asks that mercy abound. The girl dances. She had to suffer, to find her way, to be born and to overcome all the barriers in the transformation, the unavoidable demands of dying and living. At last, among shadows and time she has encountered the road towards this place and these people so as to realize the mystery of the reencounter. Juventino is here, fulfilling his strange destiny in the sitting room where the spirits of the Animas Street house dwell. Pale and dressed in black. Over the waves.

Time and Again

She couldn't remember the moment when she was first captivated by the possibility of delineating space, of creating unique
forms. When she was a little girl, such things surprised and fascinated her. She would spend hours and hours engrossed in her
drawings. She would be blissfully entertained observing objects
and plants, the shape of leaves, the disposition of their stems,
the color, the shadows, and the effects of light. Just looking at
them happy, knowing that with a mere stroke she could repro-
duce them with the greatest precision.

She understood that she was able to express more than
one purpose in those drawings, that every drawing could be
infused with meaning. She converted a glance into a thought,
the thought into the shape that was there in front of her. From
that point on, the courtyard was converted into the place of her
secrets. There she realized the value of solitude. Not only did
she enjoy contemplating and later drawing the plants, but she
loved to watch the craftsmanship and the patience of the ants
or simply to touch the earth. Playing with the dirt, her mother
would say, and with water, with water. Submerging her hands
in the little muddy puddles that were left by the rain or running
her fingers along the smooth, wet surface of the wall that separated her yard from the neighbor's yard. That contact with the
water made her think, carried her to an unknown world that
she sensed even though she was just a girl.

In the shape-filled yard, sounds also abounded, and she entertained herself listening to those made by the leaves, the small insects, and the ants. She liked the subtlest sounds, ones that sometimes she could only hear by putting her ear to the ground. But also the louder ones could be heard, like those that came from the sidewalk, the distant cars, and the vendors' carts. They were the sounds that came from inside the house, from the kitchen. Plates, spoons, laughter, fragments of conversation. She played at listening to all of them at the same time or focusing on each one, concentrating her fullest attention. Like the subtle sound of the ants dragging tiny pieces of dried leaves, carrying bits of earth, or digging their tunnels. At times she played deaf as though she couldn't hear any of those noises as she focused on the soft sound of the charcoal with each stroke of her drawing. And she would remain there.

Years later, when she began her studies at San Alejandro Academy, she discovered sculpture, the power of the hand and the mind over clay. "It's just like that time in the Bible when God made man, and of course woman," said the sculpture instructor sardonically to the first-year students. She would get covered with the substance like everyone else. She relished the surprising apparition of a foot or a hand. She felt the sensuality of that moist, docile mass that stuck to her fingers reminding her of the games she played in the backyard as a girl. "Don't play with the dirt!" What she was doing was just like playing with dirt. When the class ended, it pained her to cover her work with the wet cloth that protected it until the following day.

But the students had the power not only to create but also to destroy. The instructor criticized and graded. That was when the moment arrived in which the foot or the hand returned to being clay, mud, dirt. "Dust to dust" was the teacher's ironic comment. A man in his thirties, he had a certain charm. With the joviality of a magician, he began to reveal to his still adolescent students the secrets of proper technique. She started to feel an attraction to him that evolved with time. It began with the enchantment typical of an adolescent before the influence of a teacher. Later, it became the attractiveness of the man who seduced her. He questioned whether or not to act on his love for the girl who attracted him more and more and who had changed into a woman right before his eyes. It was passion that decided, and without having to state his intentions he took advantage of being more experienced than she was. They became lovers.

In the painting classes she learned to control color, the alchemy of combinations, the thickest and most saturated textures of the oils, as well as the transparence of water as it was mixed with cold tones. But in the end, drawing was the specialty that she chose. She was fulfilled in knowing that she could, with excellence, fashion her pastel in a steady line towards her object.

Her determination, her tenacity with everything related to her work, made him realize that she was a true artist. Her talent and sensitivity coupled with that idea of intensely living each theme made her work as if she were possessed until she finished a series of drawings or decided to begin anew. He observed her pieces closely but had long since stopped having any significant advice for her. The time had arrived when the artist's physical maturity was evidenced in her. After her first works and first personal expositions, she began to feel a heightened curiosity for her body and her face. Immediately he noticed the resemblance in the images of the woman appearing in her latest productions. "No, it's not narcissism," she said laughing between various cups of tea. "I really hadn't realized it, but now that you mention it, I think it's true."

A few days later she was able to contemplate one of her quite beautiful drawings. It was her self-portrait reflected repeatedly in the form of a mirror. "It's incredible what you've achieved by only using lines as your resource. But I'm warning you, be careful with mirrors, they're dangerous objects. No one knows where they might take you." She continued working introspectively on her body. "There's a reason why for a very long time, the Muslims prohibited the depiction of the human body why there was an iconoclastic period in Byzantium and why there were Indians in a place I can't remember who refused to be photographed. They said that a picture robbed them of their soul." "You're exaggerating!" The poster boards in the days that followed turned out to be wonderful.

She made large drawings in which her face or body appeared in unique postures and expressions and with the most original headdresses and clothes, surrounded by unusual motifs or other scenes and decorations. In one of them she depicted a face like her own, surrounded by circles of similar faces, each expressing a different mood in an unsettling interplay, which contradicted and complemented one another at the same time. A drawing inside of a drawing. The artistic elaboration she achieved was such that it was difficult to discern the origin of some of the details.

She took the boards and began to position them around the room. The whole wall was covered by her drawings. He felt slightly dizzy looking at them. It was the eyes. They were the dominating theme of those equal but different faces. Her eyes. "Like Frida," he said. The room had transformed under the power of the images. He considered the drawings as he turned slowly. The eyes seemed to watch him, to follow him from all angles. "It's an old trick, something to do with perspective," she laughed.

She continued drawing her body, her face, her eyes. She felt anxious and wanted to work herself free of the theme. Each new drawing carried her further towards the discovery of what was until then an unknown sensitivity. The mirror was a dangerous instrument, in which not only her image but also her feelings began to be reflected. The restless surfaces cast back unexpected expressions of pain, fear, or simple curiosity. They brought back lost moments when as a child she felt scared at seeing shadows dancing in the semidarkness of her room. The curiosity about the smells and shapes of plants returned, as did the mystery in which the eyes of her father and mother turned away from her when they denied her something she wanted. They left her alone with her drawings, unsuspecting of the danger to which they were exposing her or the mystifying roads that intertwined with her imagination. Reflected in the mirror would be a harsh face, or another young one, or an old one that she didn't recognize as her own, yet didn't reject as foreign. She would lean over the mirror, and all those faces and feelings crowded together in a way that made her head spin more and more. But the eyes, the eyes were always the same. Her eyes.

One night she dreamt about a river in a strange land. She was barefoot, and her eyes, her inquisitive eyes, looked towards the other side of a slow and very wide river. It was a river she had never seen. When she awoke, she had the strange feeling that she had returned. That certainty didn't leave her in the days that followed. She would wake up and wasn't always able to remember her dreams. She had questions and would return from those dreams with a few answers that only were made clear when they materialized in her drawings.

She likes the rain, the smell of the rain, of the dust on the pavement, of the steam that rises from the pavement and from the street. She still feels a subtle shiver and doesn't know if it is the humidity in the air or the sensations remaining on her skin after coming in contact with his skin. She looks at the sleeping man's dark body, lost deep in his dreams. As his face lies inclined over the pillow, she wonders if thoughts unknown to her are running through his mind. His lips slightly parted, his eyelids moving rapidly, then slowly, or becoming agitated in accord with the intensity of his dreams. She looks at the man's penis, resting, withdrawn, and innocent. It doesn't seem as though just minutes before it was able to grow and enter into her. It doesn't seem as though, independent of the body to which it belongs, it could awaken all by itself, with only a light touch of the fingers, the heat of one's breath, the smooth touch of the tongue over the glans.

Things have changed since she found out about the other woman, the pregnancy and the trip planned behind her back. In spite of the explanations and protests, that betrayal was present with them like an intrusive third person who made them uncomfortable. Some time ago she had discovered his jealousy.

With each of her successes, the fullness and frenzy that she experienced in the act of creation was foreign to him. Instead, he felt envy. Since his years as a student he had been mastering the different techniques. He was always among the best. His friends used to have a competition for the one who drew the most or created the best sculpture. But art isn't a sport, nor is it a career. Even in those years it was difficult for him to find a theme, to be impassioned by it, and to feel the urge to express himself. His pieces, though perfect, seemed cold.

She leaned over the rim of the terrace wall facing the street. The recent rain had left a breath of humidity in the air. The sparkle of the water covered the streets and the sidewalks. From where she stood, she could hear the crackle of the tires on the pavement as cars went by. Farther away, the Malecón, the sea. Below, people coming and going from the food stands or the corner bar. Some covered themselves awkwardly with pieces of nylon or old newspapers. The sight of those people brought her back to reality. She had been painting and drawing all of those days, almost without stopping, as if in a dream. Such was the case ever since the tension began with her lover. Each day he was more distant. He hadn't come to the terrace for three days, and she knew perfectly well where he was. She hated him. She felt the urge to kick him, to scratch him, to poke out his eyes. Surely she would have done so if, at that moment, it had occurred to him to show up there. Everything should have ended a long time ago. It made no sense to either of them. For him, the rivalry gave rise to aggression and the need to hurt her and console himself with another affair. He needed a woman who wouldn't diminish his self-worth. With her it was different. At first he was her teacher, her first love, her lover. But now he had lost her as a woman. She had grown. In the recent weeks there only remained the understandable habit of those rather frequent relapses. She hated herself for allowing him in her bed only three days ago and for the ensuing fit of jealousy, which nevertheless did not take away her desire to create. This was why she surrendered to her work as she did, with the added mystery of her recent dreams, the curiosity about those enigmas she couldn't decipher, and with the fear and doubt, the urgency and passion to continue incessantly in the frenzy of creation. Though she couldn't explain it, her intuition told her that the obsession with work had something to do with those strange dreams. She was aware of the danger of such an obsession but couldn't stop. By drawing and painting she managed to reach that remote place which she herself couldn't specify and from which she returned, and returned. That was the feeling that overwhelmed her. To return, that was the key word, return.

Her godfather stopped by the terrace one evening. He was indifferent with a thousand excuses and not very open-minded. No, he couldn't imagine the dreams and the restlessness that consumed her, a sensation she experienced that was as unsettling as it was appealing. The certainty of being on the verge of danger, of the unexpected. She couldn't stop now. She delved deeper and deeper into the mystery. She wasn't alone for she was accompanied by all those bodies and faces and eyes that always issued from her hands when she returned.

Her godfather raised his hand over her head and totally covered her in white to distance her from the anxiety that he thought was a consequence of the two lovers' separation. He directed his questions towards the coconut, and Obi's answers were as ambiguous as the interpretations that he dared to put forth, interpretations which at that moment she didn't want to clarify. She fell silent. She remained calm. She remained alone.

She had a strange dream. She watched all the details of an unknown ritual. Time extended unrelentingly and then stopped. The trees, the leaves, the still countryside and the motionless air made time impossible to perceive in its subjective reality. Light appeared fixed through the leaves as if the sun no longer moved across the sky. She was nervous among the rare objects of an evidently sacred and yet unknown cult. She resisted and tried to leave the unimaginable, motionless forest. Suddenly she felt trapped in a clay bowl, a terrifying enclosure that her body and spirit tried to resist. She wanted to free herself immediately from the clay vessel that contained her and to leave the prison, horribly confined in a place where time stood still. When she woke, the anxiety persisted a few minutes. The clarity of sunrise slowly began to inundate the bedroom. Little by little she calmed down after seeing familiar objects around her: the chest of drawers, the chair, the armchair with clothes hanging from it that she had worn the day before, her own body there in the bed. She sat up, still in the stupor of the recent dream and then lay back, her head falling back onto the sweaty pillow. She closed her eyes.

Only a few days later, she was again barefoot and sad, looking with inquisitive eyes searchingly at the opposite bank of that enormous river. Then she discovered that this time she hadn't returned. She was still trapped in the enigma of time, forever, in a repetition that we can't avoid. She realized that the story she was watching was her own. It was the story of a girl recently married who lived in a new hut, the one farthest from the village, a girl with inquisitive eyes who looked at the river. For her swift feet, strong legs, and the grace of her arms and for her very full lips, her breasts, and her womb, which held the promise of many children, her suitor had to give her father a cow and a fine gazelle skin bag dyed indigo and full of cowries. Now she sleeps in her husband's house where she finds refuge in the arms of the strong and determined warrior that he is. Because every night without fail he possessed her, because from then on every night he made her quiver with the tenderness and strength of his love, and because he didn't hesitate in giving the dowry to her father or in taking her to his village after the wedding, the girl with inquisitive eyes trusted him.

Everyday she goes to the river. She is happy and so she bends over the waters and contemplates her smiling faces when the ripples calm. Sometimes the waters reflect other unsettled faces that make her inquisitive eyes look away. The evening she discovered this secret, she returned from the river shaking and frightened. She could barely speak. That night when her spouse laid down next to her on the matting, she confided in him. She told him what she saw and felt. The man rocked her and little by little calmed her as he enveloped her in an intense wave of desire.

But her husband was scared of the girl's father. He already knew. The rumor of the apparition of the marvelous fish was going around on both sides of the river. The priests had already questioned the gods and the spirits and the husband knew he had the source of it all there with him in his hut, in his wife's earthenware jar. He went to tell the girl's father everything. The husband feared the gods' intentions and their punishment for disobedience. The girl's father didn't hesitate, just as he didn't hesitate when he gave his daughter away to the warrior on the day of the wedding. The husband would become chief in exchange for the life of his wife. No, she wouldn't betray him.

She knew right away what it all was about. She saw the treachery in her husband's eyes. He didn't want to look directly at her. She knew that he would give her up precisely because of the care he had recently been taking to make it seem as if everything was continuing normally. He confirmed it each day in the way he held her and the way he averted his eyes. She was scared. At the time, she felt the need to escape from what would surely be her death. She was going to be sacrificed and she knew it, she was sure of it. At first the pain of her husband's betrayal left her crestfallen. Then fear became more pronounced, a terrible fear. She felt certain that he had noticed it. Later came rage and the desire for vengeance. But there was always fear, desperation, and fear once again, always.

One evening Death appeared beside the river, dressed in white. The wife recognized her immediately. The deep and raspy voice of that ageless woman with penetrating eyes gave notice that there was no escape. "Don't be afraid," she said, which only terrified her even more. She returned home. She screamed, cried, pleaded, called on the spirits of her ancestors. She invoked the powers of the earth and the heavens. She only wanted to save herself. She questioned the oracle and summoned the secrets of the women of her lineage. Desperately she tried cleansings, animal tongues, and she resorted to all kinds of rituals to dispel the woman in white who appeared each day on the river's bank. Death remained distant and didn't approach but only allowed herself to be seen furtively among the bushes. At times the wife thought that she wasn't there, that she was just a vision, but no, she was a warning.

One night a girl appeared in her dreams. She seemed like her twin though there was something in her, a serenity, an indifference that she couldn't make out. She looked at the other girl and recognized herself. She had the same face, the same inquisitive eyes, and the same clothes. When she looked at her, when she started to speak to her, she noticed her gestures, her voice repeated exactly in the other. The girl's voice was very similar to her own, but slightly distorted. The gestures, the face, the look were all repeated in the other. They were her reflection. That girl identical to her wasn't Death but rather her death, hers, the one she needed to acknowledge in order to be able to lose her fear. She recognized her voice. The words that came slowly out of that other mouth were like an echo. Her dead self first tried to calm her and she wasn't able to open her mouth when she spoke; she couldn't keep from repeating the gestures of the other, as if in a mirror. Everything happened slowly between the two of them, while she felt that her dead self would open her mouth and move her lips a moment before she would hear that other voice that was also hers. Her dead self then began to seduce her with promises of immortality. She would be a god. She would leave this world of transitory existence, where the longer anyone lived, the shorter the road to the obligatory and inevitable signs of death. Hers would be an infinite world in which time did not lead to a inexorable end. She would be a god. It would be possible for her to be in all places at the same time, to be reborn, and to relive with each ritual, forever. To live and to relive in the power of the priests and the adoration of humankind. She wondered. Those words resonated in her mind and she felt the lightheadedness of glory. She wondered. Fear returned. She wondered once more. She didn't know whether or not she agreed with this type of immortality. She yearned for love, pleasure, and the still unfulfilled promise of future children. Death remained at the bank of the river, watching her with tranquil eyes. Her dead self, hers, continued talking to her, and she touched the wife's brow with a warm and vibrant hand. "When you meet your dead self you're not afraid anymore" she told her.

The priest takes charge of the ceremony. He prepares the site, the altar, the sacred instruments. With chalk he draws the signs that tell the story, the myth, the message that the ancestors bring. He sings. He prepares the incense. He sings. He purifies the surroundings, cleansing the room of negative influences. He sings. He prepares the holy water. He sings. He works according to the gods' intentions. He makes blood flow for everything that will be. And the girl with inquisitive eyes is converted into an echo. Her swift feet, her strong legs, the intense blackness of her face, the tenderness, the desire that her body ignites each night, the brilliance of her inquisitive eyes all disappear and become a voice, a voice, a voice. The priest concludes the ceremony, and the men on both sides of the river have their sacred mystery and their reason to rejoice. Since then, from time to time, the priest has to prepare the ceremony again. He should always be different and yet the same. His acolytes became vibration, voice, echo, thunder, stroke, and drum. The priest once again has to adhere to the gods' intentions because the girl with inquisitive eyes will always be here to become a voice. Time and again, woman and voice, mystery and voice. Forever. Time and again. Until the very end. Time and again.

The Senator

"Teresa is fine. The kids are fine," Paula said surprisingly one day as she looked him in the eyes. Her father couldn't believe what he was hearing. "They're fine," Paula repeated with an expression that he read as complicity.

It was just past dawn, and the clarity of the new day filtered through the curtains around the room. The light made everything seem happier in spite of the smell of medicine and camphorated alcohol. The Senator envisioned himself prepared and high-minded as he left the house on Reina Avenue and ordered the driver to take him to Guanabacoa. Once again he was surprised by the pain in his side and the inability to move in bed without help. His sheets were still damp with night sweat. His right arm was still too heavy, immobile, with his fingers tensed as though he was trying in vain to grasp something. Filomena entered the room with the towels and the washbasin. She placed the towels on the lap of the sick man sitting in the bed. She supported his back with large pillows and covered his chest with one of the towels. "How do you feel?" "Fine." The sound emerged from his lips with difficulty. He gave up trying to talk. This was one of the worst consequences of the stroke that had brought him down the previous month. Filomena began to shave his graying beard. She maneuvered the blade with dexterity and patience, ignoring her husband's discomfort. Tall and now somewhat heavy in her fifties, she still maintained a certain elegance, knowing how to dress to her best advantage, wearing tailored clothes of fine fabrics accentuated by her corsets. She was a dark mulatta with large eyes and rather thick lips. She had studied voice and therefore possessed an understanding of Italian and had mastered English quite well thanks to seven years of exile in New York with her family. It was when singing in one of the acts that La Liga organized in favor of the Cuban cause that she met the man who would later become her husband. Filomena's father approved of his daughter's courtship and the marriage to that young, elegant, and ambitious man. He reminded him of himself before he became owner of a prestigious funeral parlor in Santa Clara. Filomena's fiancé liked her from the very first time that he saw her. Nevertheless, if it weren't for the father that she had, he would never have married her. These days she seemed to be thinner, with bags under her eyes. The worries and the long nights have left their mark. When she found out about the true gravity of her husband's situation, she felt fear, pain, and uncertainty. She cried. She cried in a way that she hadn't for a long time, accustomed to being in control of her emotions. Later the responsibilities and the care of a sick man plunged her into a new routine. She understood that it was possible to hold back the desire to nourish yourself, to have a life. She realized that it was necessary to pretend in front of those who are ill and she had the strength to do so. During the day, she tried to entertain him, and herself, with chatter to which he couldn't respond. She remembered the bitter pills that she had to swallow in order to save her marriage. The girlfriends, the late nights, the lies, and the worst truth of all, the one that she couldn't erase or diminish or forget: Teresa and her kids. She felt their presence as if they were in the room right there with her.

The illness had quickly reduced the Senator to old age. The days seemed long since past when he would come and go from his office or participate in political campaigns or senate debates, elegantly dressed in pure white linen in the summer or dark cashmere suits in the winter. The way he walked, the energy of his gestures, the work sessions that extended deep into the night, and the visits to certain houses never gave away his true age, not even to those closest him. He was always inclined to enjoy himself or to do battle to obtain something he aspired to have and then to protect it at all costs. He remained attentive to every detail in his room. The high support beams, the white plastered walls, and the dark, varnished mahogany furniture made up the set of the master bedroom, which now was the sick man's infirmary. On the bed's headboard hung the enigmatic face of a Madonna tenderly inclined over the child. Placed on nightstands were two polished, bronze lamps imported from Barcelona. Filomena kept one of them constantly lit.

A fine handkerchief of yellow lace served to filter the light. It projected delicate drawings on the ceiling. In the semidarkness, the Madonna's face reflected in the dresser's mirror served as an omen of the inevitable. The sounds from the street were clearly discernable in the room. Previously life's pressures and his jobs didn't allow him to pay attention to certain things. Now he had learned to recognize the clamor of the carts' heavy wheels, the cries of the milkmen hurrying cows before dawn, and the sounds of coal peddlers. They penetrate the still dark city on Reina Avenue or proceed along Lealtad Street selling milk and coal door to door. With the morning's clarity he hears the light trot of the horses with their carriages. He imagines the diligent drivers in the coachman's seat as they ferry the preoccupied passengers. Later, around midday, the murmur of the pedestrians fills the entryways along the street up until well after nightfall. And all day long there are the different tones of vendors' cries with their singsong voices and distinctive refrains. Only late in the evening do the noises begin to ease off. At daybreak one hears the trot of a straggling coach or the awkward steps of some night owl who may have had a few too many drinks.

The deafening noise of the cotters resounds as they bang insistently over their work benches. That strong, strident sound invades the room where tobacco is being rolled. He was a reader at the cigar factory. He had tried to read a speech but could barely stammer an explanation. They didn't let him. Get out! The shouts joined the violent pounding of the cotters. Get out! Get out! Almost running, he had to vacate the premises. The workers in Tampa were preparing for an important strike. Certain conciliatory comments and the attempt to read that address confirmed the suspicion that he was a traitor. The rich separatists had given him money and instructions. He was to read the speech opposing the strike to try to confuse the group consciousness of those people with a presumptive unity among all Cubans rich and poor. His payment was a ticket to Venezuela, letters of recommendation to live and travel in that country and later, the opportunity to study law. He became a famous speaker and journalist. Upon returning to Cuba, he didn't hesitate to dedicate his pen in service of Spain and the Autonomist Party, which opened many doors for him. He thought the possibility of a movement by independence supporters was far off and improbable. The outbreak of war caught him by surprise while he was still in the ranks of peninsular leanings. The people who knew him weren't surprised at his late revolt when the Spanish defeat was imminent. In spite of it all, he had influential friends, he was a member of the professional class, and he was a man of color. When it first began, because he had a university education, he was conferred the rank of an officer. He was never in truly dangerous situations. Nor did he ever engage in combat. All of his time was occupied with paperwork and certain archives. Nothing more.

Many times he would stop to think about this house, his house. Perhaps it wasn't the biggest or the most presumptuous on the block, but the intricacy of the flowered design and the pointed, ogival arches in the doors and windows were very attractive. Located in a corner of the block, it seemed to be waiting for others to discover, admire and desire it. Along Reina Avenue, the terraces were complemented by two balconies over the entryway columns. Another balcony, perched along Lealtad Street, allowed daylight and a breeze to reach the Senator's room.

The three white balconies exposed to the implacable sun were forged in the most exquisite art nouveau style. The curved lines and the sensuality in the interplay of unimaginable leaves and flowers gave the appearance of lace. At certain times, the Senator took pleasure in contemplating the shadows and shapes that the balcony's framework drew along the floor near the entrance to his room. This house was tailor-made for his ambitions. Food, fiestas with the best orchestras, important visitors were all symbols of the new times, of his political triumph. He was a senator and couldn't have aspired to anything less.

"What do you think? We have a black senator." He stopped for a moment while climbing the marble stairs. He could hear perfectly every word they were saying about him and he clearly distinguished the voice of the person who had just made the statement. It came from one of his fellow Conservative Party members, someone who had supported his candidacy. He was the person who always stood beside him in the political arena. They had been waiting for him in the living room of the house. He continued his ascent slowly but confidently. "It's what we lack," the other said. "We need the black votes." The Senator reached the top of the stairway. The two men approached smiling as they embraced him. "Congratulations!" the first man said. "The vote was overwhelming," added the second patting the Senator's back. He was certain that they had listened to his steps and intentionally spoke up so he would hear them.

"You're better now," his daughter Paula said moving closer to the bed. "Soon you'll be completely recovered." The Senator nodded his agreement without conviction. His upper lip left his teeth visible and could not begin to form a smile. Paula was his only child and she greatly resembled her mother. Her light skin was from her father. Ever since she was a little girl she was serious, dedicated, and her father's biggest admirer. She abandoned the study of music to learn to paint. She was inspired by the expressive possibilities of the shapes, the creative sensuality of clay as the unexpected emerged from her hands, and the precision of drawing in which she defined spaces and discovered the always surprising dominance of color and light. She experimented and it was what made her happy. She had to convince her mother, who thought it was more appropriate for a young woman to study piano as she herself had done when she was little. Paula liked music but she didn't want to continue. Her mother worried that the conditions weren't promising for a career in painting. "The majority of the people who study there are men," she protested when at last Paula decided to take classes at San Alejandro Academy. The Senator supported Paula. Soon the girl began to demonstrate her talent and she started to decorate some of the walls with the typical bas-reliefs of a beginning student. Later, still-lifes for the dining room. In a short time, her father was proudly displaying treasures the girl brought home, which now adorned his office, such as landscapes featuring Quinta de Los Molinos. When she found out what was happening with Teresa, Paula cried a lot. She couldn't contain her rage or her jealousy of her cousin who competed with her for the love reserved for an only child. She had enough nerve to hide it from Filomena for a long time. Now that her mother knew everything, she avoided any attempt to broach the subject. Her father was sick and surely on his deathbed. "I love you. I love you so much," she was able to say time and again when trying to cheer him up, when forcing him to accept each spoonful of food.

Filomena attended to him with patience. With the stroke, she also found out the whole truth about Teresa. Her husband had put her up in a house in Guanabacoa, where Teresa gave birth to twins, two boys. She couldn't forgive the deception. With another woman, yes, but not with Teresa. When she looked at him sick and dejected, she felt compassion, but she couldn't help feeling the need, the right, for vengeance.

Paula tried to cheer him up. "Get up! Let's go!" She helped him move from the bed to the mahogany and wickerwork chair. She placed the small pillow behind his neck and moved it over

and over again until she felt that her father's head was comfortable. With the utmost care she moved his inert arm, resting it
on his gaunt legs. He had lost a lot of weight. She dragged the
chair towards the door of the balcony. The light and the street
noise reached him with intensity. The air from outside fresh-
ened the room, which had been saturated with medicinal con-
coctions. The wife and the daughter might have thought that
he was in a state of limbo, but that wasn't the case. He was
filled with the memory of the recent senate sessions in which a
bill he wrote was passed into law. It had been a means to put
an end to the racial debate, but not the race problem. In spite
of his apparent resolve during the discussions, he felt worried
about the votes of support. The worst could have happened,
which was a distinct possibility, considering the history of in-
justice and the aggravation felt in certain sectors. "It seems as
if whoever dares to demand their rights is breaking the law."
The old general's assassination just four years earlier came to
mind. "Such events could surely happen again in the future."
"Everyone knows that they can't defend themselves. They tore
them apart." "He who lives by the sword, dies by the sword,"
some boldly commented, referring to the attitude of the old
general during the war when he dealt with enemy prisoners.
The last time the Senator saw him was when he came to his office. He arrived neatly dressed, though wearing leggings and
combat clothes. He said that he wanted to see the Senator, who
immediately received him. Short in stature, his face was stern
and dark. He was a thin man with small, penetrating eyes like
an eagle. For someone his age, he emanated an exceptional level
of energy, the result of a hard life of military campaigns during
the difficult years encompassing the two wars. He invited him
to sit down and offered him a smoke. The old general twirled
the cigar between his index finger and thumb, looking at him
with a certain degree of suspicion. The Senator held the lighter
for him, but the general dismissed it with a gesture and put the
cigar in the pocket of his combat jacket. He had been humiliated
by the President of the Republic. "To fight hard, to win battles

by the blade of the machete. To make it so that this President can sit where he is and then . . ." He spoke with measured but firm words, with the intonation particular of Santiago de Cuba, his home. "I fought and all the blacks followed me. In war I was respected as a general. But now in peace, I'm nothing but another black man." The Senator didn't dare argue with the old general, fearing his words might become more and more aggressive. He didn't want to further upset the man in front of him. "The President is going to have to find a solution," he responded with a conciliatory tone. The old general smiled with notable irony. That smile, atypical for him, was profoundly unsettling. "Things are going to change!" were his last words. The Senator didn't want to receive the widow, a beautiful mulatta with noticeably Chinese features. She was still young and had given birth to two children by the valiant warrior. Hurt by the recent death of her husband, she feared for own welfare and that of her children. She sought him out in search of justice and protection. They almost had to drag her from the antechamber outside his office. The Senator listened as they helped her to her feet. She had strength enough to kick the door twice, shouting, "Coward, coward, coward!"

Filomena had bathed him and Paula, with more difficulty than before, moved him to the armchair. He was much weaker. Only three days before, while resting in the chair, he had lost consciousness. The doctor nodding his head regretfully said it was another stroke. The Senator didn't say a word, nor would he ever speak again. His eyes would at times remain motionless. It was impossible for him to naturally close them. Sometimes his face would appear indifferent, unable to demonstrate any emotions.

He became deeply entranced in long meditations about people and things, as well as events and places regardless of their physical or temporal proximity. Incidents, scenery or conversations came to mind in the most unpredictable ways. Painful or pleasant feelings would arise, memories. All of a sudden he'd think of someone or something either beloved or surprisingly unimportant and then ask himself, what's this or that doing here? Why do I remember it? Why? His silence came to form a sort of solitude. It was as if his attention was drawn towards a region of his brain that he hadn't had time to explore when he was communicating with others. Lately, he forgot people's names. He could remember perfectly their faces, their relationship to him whether familial or social, everything about them except their names. Someone might come to mind, smiling or serious or with a friendly or imposing look, but not his name. He had all the time in the world to remember when he was awake. And when he slept, he had time to dream. He couldn't recall the name of the neighbor woman on Cuarteles Street who sold tortillas in Plaza del Ángel during the festival of San Rafael. A tall mulatta, she was a seamstress. But during the festival days she'd set up her little table in the plaza to sell tortillas. He still remembered the aura of slander that surrounded the women vendors. Some boys in the area would boldly shout *Tortilleras*! Their elders would punish them for shouting in public what without a doubt they had heard inside their homes. The kids didn't really know that the term referred to lesbians. Estelita, Julita, Clarita, no, no that's not it, but something like that. He learned to arrive at the names by saying the most improbable ones until at last the right one surfaced. Isabelita! She was his mother's best friend. When the San Rafael fiestas drew near she would come and go from the house talking loudly and laughing. She managed to encourage María Eulalia to get involved. They built kiosks where they'd sell drinks, foodstuffs, and even install card tables. Isabelita had earned a little money sewing dresses that some of the neighborhood women would wear proudly during the festival or when attending mass at the church in Ángel. His mother seemed excited and had even consented to wear a new dress made by Isabelita. That night she was a different woman. With her gown trimmed with embroidered straps and lace weavings, she was radiant. For the first time, the boy that the Senator was saw his mother as a truly young woman full of a happiness that he had never imagined.

Isabelita would visit the church and listen to a novena during the days that preceded the San Rafael fiestas. But in her home, in a corner of her room under the image of the patron saint for healing, she kept a bowl decorated with green and yellow ribbons, in which Inle lived. It always had fresh white lilies and orange tree blossoms to help win over the favor of the *oricha*. That alien being appeared in her dreams and would gently bring his face close to hers. His very smooth facial features contrasted with the sharp brilliance of his gaze. Isabelita strained trying to listen, to understand the words that wouldn't come forth from the boy's half-opened mouth. Inle didn't have a tongue. Isabelita could feel the moisture of the moss, the cold of the stagnant water. She tried to embrace his fragile almost-boy, almost-girl body but he escaped from her with the ungraspable agility of a fish. Then she would awaken. She'd invoke him, asking for good health and his protection.

On the eve of San Rafael, at nearly midnight, he remembered how he wasn't able to sleep because of the noise from the festival. Soon he heard the sound of fireworks and ran barefoot to the window to contemplate colorful forms taking shape in the sky. They transformed in dazzling successive shapes of flowers and concentric stars. They then descended everywhere, lighting up the heavens and the plaza decorated with embroidered shawls and where people crowded together in front of the church. At midnight the big straw fish hanging in the middle of the plaza began to burn. The applause and the shouts from the onlookers rose and mixed with the explosions of the rockets, the crackling of the burning straw, and the stars falling from the sky. Isabelita and his mother entered the living room. The mulatta held a bottle of wine in her hand and the two women had a sparkle in their eyes that he had never before perceived. His mother's smile and their laughter surprised him. They walked in holding each other, and neither of them attempted to undo the embrace when they noticed him standing barefoot in front of the window. For a few seconds a breath of humid air invaded the room. "Inle!" exclaimed Isabelita without letting go of her friend's waist. Outside the straw fish in the middle of the plaza continued to be engulfed in flames. In the past, he never wanted to remember that moment. He didn't want to accept the significance of the scene he witnessed. After so many years, he admitted without surprise or outrage the true nature of the relationship that woman had with his mother.

One time something unusual happened in the intrigue of his forgetfulness and his memory lapses. A name appeared: María Andreu. A name without a face. Entire days passed in which he wasn't able to remember who María Andreu was. The only thing that came to mind was a vague idea, a hazy image that in no way resembled the particular traits of someone's face. He couldn't figure out where that woman or her name came from or what place or period in his life she pertained to. To whom or to what family was she related? He couldn't employ his usual method of thinking of names and more names, because he couldn't just imagine faces and identities. The more he mentally repeated the name, María Andreu, the more familiar she seemed to him, and at times he thought that he was on the verge of coming up with an answer, but no. He tried to associate her with his mother, with his infancy, then with friends from the time when he was in exile in New York and Venezuela. He was unable to ask anyone and he couldn't find the answer in some corner of his mind. María Andreu became something intangible. At the same time, she felt very close to him because she seemed so familiar and because with near certainty, he thought that he was on the verge of creating an image of a face he recognized. Many times he amused himself in his silence trying to find a way to recall María Andreu. He used all his methods of recall. The biggest surprise for him was his lack of success. He didn't find out who María Andreu was that entire day or the next or ever.

His mother was African by birth. They had brought her to Cuba when she was only ten years old, barely remembering her former circumstances and with no family ties here. She learned domestic duties and a little bit about dressmaking and confectionary. Señor Arrastría took notice of her when she was barely fourteen. He groped her incipient breasts when he surprised her alone in the sewing room. He whispered his desires into her small ear. His hands wandered beneath her skirt. One night, he threw himself on top of her as she lay on top of the straw mattress serving as her bed beside the sewing room. There she supported him, full of repulsion and rancor towards the man who would forcibly possess her and who maintained her in an emotional state between the fear of him and terror of the punishment that would befall her regardless. Before the pregnancy was discovered, he removed her from the house. He lied to his wife about the need to sell María Eulalia to ease the burden of their debts. The señora didn't believe it and was suspicious but remained silent. The master put her up at a friend's farm in Cidra, close to Limonar. There, the child was born.

When he was two, she took him to live in Havana, in a small house on Cuarteles Street. She started making candy and other confections that were sold by one of the street venders. The boy grew and was able to go to school. Both were maintained thanks to his mother's efforts and the secret help of Señor Arrastría. María Eulalia didn't have a last name, or at least her son never knew she had one. She matured into an attractive woman with a round face and large, expressive eyes. Neither tall nor short, she had white teeth and pleasant yet distant smile. There was somewhat of a mystery to her. Those who knew her considered her just a hardworking mother, a person always diligent in her responsibilities and always trying as best as possible to help her only child succeed.

At a still early age, he asked María Eulalia various times about his father. Where was he? She'd turn serious and at first said nothing. One day, to put an end to the question, she told him that he died before the boy was born. That was why they lived alone. She said the man was a mulatto, which explained why his skin was so light. It bothered the boy when they said, "There goes that *Conguita*'s son." It made him angry enough to get into a fistfight with some of them. His mother would rock him gently, and the child got used to caressing her dark, loving face. Time and again he would pass his fingers over the three marks that crisscrossed her cheek and she would sing. Sensing her aroma, her breathing, and the whisper of that song without words, he would fall asleep with his head resting upon María Eulalia's breast.

The boy made great progress in school. Señor Medina, a very prestigious mulatto teacher, convinced his mother that he should continue with his studies. "It would be a shame to waste his talents on just any old trade." In the span of ten or twelve years, Señor Arrastría made three or four brief, unannounced visits. A representative of his in Havana was in charge of giving María Eulalia a modest monthly payment and asking if she needed anything in particular. She never asked for anything more. Her son wondered what the relationship was between his mother and that (by then) old, elegant white man who always arrived by carriage. And later those two would have a brief yet serious talk, of which he could never hear a word. When the old man was ready to leave, María Eulalia called for her son so that the gentleman could see how much he'd grown. She'd then make reference to his progress in school, and Señor Arrastría, serious, never smiling, would nod his head in agreement. He studied that little mulatto boy who carried his blood. He would look at María Eulalia and sigh, feeling less remorse upon seeing that she was raising him decently.

A great deal of time passed, and Señor Arrastría no longer stopped by the little house on Cuarteles Street. One evening, after he had returned home from school, his mother unexpectedly made him sit down at the dining room table. She informed him that that gentleman had died a few days earlier. She told him the news without the least bit of emotion, which was how he received it. His mother had never mentioned the man except during the very infrequent occasions of his visits. Yet he was surprised and felt somewhat shocked and confused (and never lost that sense) when his mother went on to explain who Señor

Arrastría really was. "You're almost a man and it's time that you know."

At night, in the intermittent insomnia resulting from the physical pain and discomfort of his sickbed, in the shadows of his room she appeared, his mother who had long since died during the years of his exile. He was startled at seeing her seated in the chair next to the bed. The image of her was vivid and well defined. He knew he was dreaming. He turned towards her but something impeded his ability to talk to her, and it wasn't the recent muteness afflicting him. Bathed in sweat, he awoke, and in the chair sleeping was Paula, his daughter, or Filomena, his wife. He didn't know whether to feel relieved or pained at the loss of his mother, the woman he left in solitude by his departure. He had been selfish, yes, and he cried for her, though he cried more for himself than for her. Seeing her like that, in his dreams, sitting beside the bed, he understood that he had never accepted her death. He never saw her sick, in bed, nor did he see her dead. Many years went by before he could visit her grave, a small altar covered with bramble and surrounded by a modest iron railing. He could hardly believe what was written there. He left flowers and never returned. No, for him, she wasn't there, the inscription wasn't true. Now she appeared more frequently than before. Seated in the chair, watching over him. She looked young and strong, dressed in her customary white. She would always come back to the little house on Cuarteles Street. Sometimes he was young, at others times he was an adult or, as now, a sick man, someone dying and unable to speak. But more frequently he was the boy she rocked and he was caressing her face. She sang. He felt the whisper of that never changing song. He felt the love of that woman, the beat of her heart, and the song without words, the song he heard until drifting off to sleep.

Teresa would laugh out loud for whatever reason. Sometimes Filomena scolded her in an attempt to refine her niece, who was the daughter of her only brother. Teresa's mother died rather young, and Filomena chose to be responsible for the fourteen-year-old girl, the youngest of three sisters. She had her move from Santa Clara and thought that the girl would be good company for Paula, who at the time was thirteen. When her niece arrived at the house on the Reina Avenue, she was amazed. She didn't know that those of her class could live as they did. Dark black, heavyset, and a little childish, she had her mother's round face and her aunt's large eyes. Teresa and Paula had only seen each other a few times during the family visits to Santa Clara. Paula welcomed her with enthusiasm, and immediately they got along wonderfully. Paula enjoyed having the opportunity to show her cousin the nooks and treasures of the house, which to Teresa seemed enormous. The two of them shared a room, and Filomena often left them alone together so that they could become friends. Though she had lived in a less restrictive environment than her cousin, Teresa didn't treat her like a child, which from the outset pleased Paula greatly. Teresa talked about the life in the country, about the ways of the animals and how she knew how to ride horses. She brought with her all the things that fascinated Paula, but also something very painful. She felt it in the sympathetic way that Filomena couldn't help looking at her niece sometimes when she addressed her. And she felt it in spite of Teresa's smile, in spite of her silence when Paula wanted to know how it happened, how she had found her mother dying, soaked in her own blood. Complications during birth, Filomena said while conversing with her friends.

Filomena talked to both the girls about the unexpected dangers of sex, though she did so in a somewhat indirect way. The two of them had already begun menstruating and their round breasts protruded under their blouses. Filomena went to great lengths to advise them about the proper way to sit, to lean forward, and to walk. She told them modesty was part of having good manners, and warned them of the dangers of indiscretions, slip-ups, or the extreme proximity of men. All the conversations about the topic revolved around tragic and enlightening stories that ended in a pregnancy out of wedlock, disgrace, and sometimes death. Paula was amused and at the same time startled by the way that Teresa made fun of the things her aunt said. She would take off her petticoat and in broad daylight have the audacity to look at her naked reflection in the round mirror of the dresser. Paula would be entranced at the sight of that beautiful dark body and her cousin's devious smile. She would not have dared to reveal herself in such away, not even if she were alone. "If mama walks in ..." she'd say, shaking, unable to take her eyes off of her cousin. "Don't be silly, when you get married, you're going to show a whole lot more than this. Don't be silly," Teresa said, moving away from the dresser and collapsing onto the bed just as she was, with no intention of covering herself.

When she was almost seventeen, Teresa started to watch closely and likewise catch the attention of the Senator, who until then hadn't paid much attention to her. Nevertheless, she both admired and feared him. She abruptly cut short her conversations or laughter whenever the Senator entered the room. At the dinner table Teresa didn't dare look at him directly. She also began to take more care how she dressed. She was concerned about how she wore her hair and about straightening her thick curls. Filomena attributed the changes to her age or perhaps to one of the many suitors who visited the house.

The girls started to attend a few dances, and at home they celebrated birthdays and in general received visitors for a variety of reasons. Thus Julián appeared. He was a young man, about twenty years old and quite serious. Right from the start, Teresa thought him very handsome. Thin and with not very dark skin, he was tall, wore glasses, and wrote for one or two newspapers that at the time were dedicated to events particularly relevant to the colored class of people. His ideas were completely different from those of the Senator, but he never broached such topics with the influential politician, especially not in his house and when he was aspiring to a serious relationship with his niece. Filomena was pleased with the idea that Julián was courting Teresa and might one day marry her. In him, she saw a studious young man who surely would go far in life. Furthermore, he came from a good family. Julián began to write to Teresa. He even ventured to write a sonnet, which impressed her immensely. She explained it all to Paula, who also had feelings for Julián. Filomena never said anything directly and treated him with great respect. By the invitation of the señora, Julián started to become a more habitual visitor to the house. Likewise, Teresa agreed to her aunt's daily urgings to be friendly to the young man whom she considered ideal for her niece. Taking advantage of a moment during one of his visits when her aunt had left the couple alone, Teresa wrote her consent on a little note she passed to him. "You could have just told me," Julián said visibly excited. "I didn't dare, plus, I'd already written it," replied Teresa with a smile that seemed like heaven.

Dancing and watching how she danced, the Senator discovered her. He noted her sensuality and the way she revealed her pleasure with the movement in her eyes, and in her half-open mouth. That night he imagined her body, with her waist, thin now and swaying, her hips and her thighs gliding smoothly forward, molding to her silk skirt. Teresa shook to the piano chords of the *danzón*. She fanned herself, feigning shyness during the pauses. She graciously welcomed Julián when he asked her to dance. And the young man observed her impatiently when, out of courtesy, she agreed to dance with another of the guests. During the break, she spoke with everyone. To Filomena's chagrin, the Senator found favor in the girl, her way of opening her eyes, of marking each word with a slight movement in her shoulders and then throwing her head back as she laughed too loudly.

From that night on, he began to see her in a different way. Teresa would take his coffee to him in his office. The Senator watched her in that new way, and the girl sensed the secret intentions of her aunt's husband. She had never suspected anything like this would happen. One evening she devised a way to be the person to bring him his coffee, and surprised even herself pondering, gleefully calculating, the effect of her presence on that mature and very attractive man. He admitted to himself that he admired her expressive face and the shapes undulating beneath her thin robe. When she was ready to leave the office with the empty coffee cup, the Senator watched her. Teresa turned her back to him and stood up straight as she was about to go. She thought she was standing up straight but that's not exactly what happened. Her rump stuck out, her shoulders rolled back, and her spine formed an arch. Her neck was erect, her head slightly inclined. Then she started to walk, taking short steps, rhythmically moving her buttocks in spite of herself. One evening he dared to take her hand, which she allowed. He took no pity in the fact that her cold hands and cracking voice divulged the girl's emotions. "You know that I like you, child, you know it and you're making me suffer," he said as she removed her hand from his. She backed away quickly so as to show her anger, though she was less than convincing. From that day on, they met frequently in his office. As they entwined in furtive embraces, he would explore her breasts, her thighs, and that beautiful and exciting body that offered itself to him without commitment. She trembled with a newly discovered desire, and both of them trembled with the fear of being discovered. They were in heaven and incapable of even pausing to ponder the scope of their actions.

Filomena talked to her niece about Julián. They were almost engaged, and Teresa received him with the same smile as always. Now Filomena left them alone on the terrace and Julián kissed the girl somewhat shyly. She basked in a pleasure quite different from the intensity of her moments with the Senator. She didn't see anything wrong with what she was doing. Filomena talked enthusiastically about the wedding. "Is it possible to love two people at the same time?" she asked Paula one day. Her cousin was caught by surprise. "What are you talking about? Are you crazy?" "You can!" exclaimed Teresa laughing, "You can!" "You're crazy!" replied Paula with complete conviction.

One night, for the first time, Teresa dared to leave the house. Everyone thought that the Senator was away in the countryside. It was twelve o'clock, and Paula slept tranquilly in her bed beside Teresa's. She maneuvered through the hallways barefoot, carrying her slippers in one hand and wearing an embroidered shawl from Manila over her nightgown. She went carefully down the stairs that led to the entryway, the door facing the street. The most difficult part was sliding the large deadbolt without making any noise. She stopped, breathed, and opened the door. She went out to the sidewalk, closing the door behind her. There were only a few steps between her and the coach. The door opened and she climbed in. They embraced while the coach departed. Under the nightgown the Senator found her dark and splendid body offered to him. Teresa started laughing, and he silenced her with the eagerness of his kisses. Her round breasts, dark nipples, stomach, and thighs, he could have those things that excited him the night of the dance, that he had longed for during their evenings in his office. She felt an unknown and intense pleasure when she offered him her breasts. He entered her. Her head tilted back with her eyes half-closed, gasping at the intensity of discovering a pleasure that spread in concentric waves throughout her womb and concentrated in her vagina. Her entire being remained enraptured in the sensation. With each instant the pulsations grew stronger, more rapid. She surrendered and her entire body caved into the unexpected abyss of her first orgasm. The rhythm of their love-making was in time with the movements of the coach on that early morning jaunt.

There were other nights like that one, and the lovers no longer thought about being discovered but relished those moments. The Senator felt rejuvenated in the arms of that woman who wanted more and more. Teresa tiptoed back to her bed, still shaking from the tremors of her latest orgasm. Each time it became more difficult to pretend in front of others, more difficult to wait for the opportunity of a new encounter. He doesn't want to--it's impossible for him to feel remorse about Teresa.

Sometimes it's as though he senses Filomena's reproach, in the way she accentuates a common phase, in her impatient body language when she removes a pillow. But no, he can't. It's impossible for him to feel remorse about Teresa.

"Two boys," boasted the Senator. "The children are as identical as two peas in a pod," said Dr. Ulacia each time he visited the house in Guanabacoa. They were healthy and rather mischievous, and even Teresa sometimes had trouble telling them apart. Alfonso was more prone to fussing and tantrums. When he didn't get his way, he would cry with rage. Armando was docile, often lying on his mother's lap. Alfonso, seeing his brother so quiet, would imitate him, or he'd get jealous and push him away to take up his space. Teresa would gather the two of them and smile.

At first, just because he looked at her, just because he desired her, she felt assured. He made her feel special in the way he thanked her for a cup of coffee or enjoyed a lunch that she had prepared personally for him. Soon, though, she began to suffer the disadvantages of her situation. There were no family visits. Her sisters, well married in Santa Clara, didn't want to have anything to do with her. Her friends, habitual guests at the house on Reina Avenue where the best of Havana's black community gathered, were aware of the scandal but didn't talk about it in public. She never knew when he'd have time for her, and she yearned for him when he wasn't around. She had a maid for everything, gifts, perfumes, outfits that she only put on for him. While the children slept, she'd dress up, put on makeup, and carefully do her hair and dance alone humming *danzones* that she knew by heart. She entertained herself by creating imaginary conversations, changing clothes, hairstyles, mascara all to pass the time and to offset her boredom. Over and over again she'd start anew. She thought about Paula, her house, Filomena, and her sisters and friends. About taking walks, and sometimes, without too much regret, she thought about Julián, her old boyfriend, the ideal boyfriend. She wondered about the Senator, that possibly he was with other women. She wasn't the first. She had often heard her aunt boast of the patience of a self-sacrificing wife capable of ignoring the escapades of the Senator in order to preserve the peace at home. Not even the care and joy of the boys could totally quell the uneasiness of waiting. Her nights of unfulfilled love turned into dawns of unexpected intimacy when he appeared unannounced in the morning. Later they turned into hasty siestas, into evenings that were over by six as the sun began to set, into nights of abrupt goodbyes at nine or ten o'clock after she had already warmed to the hope that they would awaken in the morning together. Sometimes she imagined him at a fiesta in one of those houses of ill repute, but she didn't want to reproach him, to weigh him down or bore him. She knew she wasn't his wife. Nor did she have anyone with whom to share her pain, which to her seemed unfair. The pregnancy was what forced the Senator to provide her with a house. He had had many escapades, but he had always been careful to avoid an obligation such as this.

She, for her part, never had time to think about the consequences. She never asked herself what type of life awaited her with this man. "Don't look for me. I'm okay, Teresa" was the simple note that she left on the dresser when she left the house on Reina Avenue. Now she wondered if she would be able to put up with this type of life forever. She had almost finished her studies to become a teacher. Among her earlier plans had been marriage to Julián, a classroom full of kids, and many fiestas, many friends. Now she saw all her plans reduced to him, to her lover, who was only partially hers, and to her children. The Senator treated her like a child. He never talked to her about the things in his life, nor was he interested in the things in hers. News had reached Teresa about all the arrests occurring in Santa Clara, Sagua, Havana, everywhere.

She feared for Julián. "If we as blacks don't defend our rights, the political parties that alternate in power aren't going to do it," he told her one night, showing her an edition of *Previsión*, the newspaper of The Independents of Color. "But my uncle ..." "You're uncle doesn't represent us and he's never going to represent us. He's just an example that the whites need. The educated and triumphant black man. He's looking out for himself." There was an atmosphere of anxiety and fear. Comments had also reached her about the Senator's responsibilities. Conversations about the Senator with Dr. Ulacia--the irrefutable Ulacia--were increasingly severe. "It's a crime," she heard him say to the tearful maid, crushed by the misfortune of one of her brothers who was arrested right there in Guanabacoa. But the maid didn't want to say anything more in spite of Teresa's insistence. "It's nothing, it's nothing," she repeated as she moved away from her. She went towards the back of the house to continue her duties while avoiding the inquisitive gaze of Teresa who was, after all, the Senator's girlfriend, his darling.

"You don't have any problems. There's no reason for you to worry," her lover said in a protective tone whenever she had the courage to ask about all the happenings that were troubling her. "Don't worry," he ordered if she pressed him.

His passion, blindly defended, gave way to a feeling that increasingly seemed more like remorse or guilt. He almost regretted all the ties that he had broken, but there was no going back. The Senator's sudden illness had hopelessly ruptured the thread connecting him to others. He had feared being bored, being forgotten, being with other women. He had imagined the possible roads to abandonment, but he never thought about sickness, about death. He only realized abandonment by the doctor and now by Paula. He first wrote her a pleading note without expecting that she'd answer. Paula responded to her father with a measure of understanding, generosity, and compliance greater than what he might have hoped for.

Teresa heard about the second stroke, about the impossibility of improvement, about the imminence of his final moments. She began to fear for herself and her children. Everything was dependent on him and he would not be around for long. He had put the house in Guanabacoa in Teresa's name and recognized the boys as his own. That consoled her, but how would she live after he was gone?

"Teresa's coming to see you today. Do you hear me? She's bringing the boys. You can see them and they'll be able to see you." At the prearranged time, Paula moved his chair to the balcony that faced Reina Avenue. Teresa was there, on the sidewalk of the front entryway. The boys were with her. "There's Teresa. Don't you recognize her?" The face of the sick man remained impassive. The boys were restless. Teresa had already seen him. She thought about that man, the father of her children, now suddenly weakened and aged. And the house where she had lived with family for so many years, from which she left abruptly, abandoning so many things. She took a small handkerchief out of her purse and brushed her cheek with it. She wasn't crying. The children pulled at the skirt of her white dress. The Senator's eye grew cloudy and filled with tears. "Did he see her?" Paula wondered to herself, but said nothing. Teresa disappeared along Lealtad Street with her two boys. Paula used her father's handkerchief to wipe away his tear.

Sobre las olas
y otros cuentos

Follow me!

Primero fueron las fotos, las cartas, las tarjetas postales enviadas desde lejos y a las que se respondía inútilmente. Lola, con su bello tupé asimétrico y la cabeza un poco inclinada como ordenan los fotógrafos de estudio, sonriente o no, siempre aparecía hermosa y rutilante con su verruga al lado de la nariz, tan parecida a las fotos de las cantantes negras en las páginas de la revista *Rhythm and Blues*. Lola, mucho más clara de piel, tenía los ojos de Bessie Smith. Aquellos ojos enviaban saludos, besos y felicitaciones desde lugares como Nueva York, Chicago o Washington D.C., y quién sabe cuántas direcciones por el estilo. Saludos desde Kingston o Montego Bay, felicitaciones desde Saint Kitts o Barbados, besos, sonrisas que jamás recibían respuesta. Cuando Virginia, la hija, contestaba con parecidísimas fotos, saludos, felicitaciones, desde La Habana, siempre eran devueltas al poco tiempo por no encontrarse ya Lola en aquellas direcciones. Se complacía en mudarse y mudarse, en desaparecer y enviar señales desde cada ciudad, sin importarle al parecer recibir respuesta, sin esperarla quizá.

Todo había comenzado años atrás, cuando Lola, recién llegada de Jamaica a Cuba, había sido expulsada de su casa en Camagüey por su propia madre: una mulata anglicana dominante y orgullosa de llevar el nombre de la reina Victoria y la ciudadanía inglesa. La muchacha se dejaba deslumbrar fácilmente por la música y le gustaba el baile, dos cosas que a su madre siempre le parecieron asuntos del demonio. En aquella época Lola no se llamaba aún Lola, que en fin no era su nombre, sino Wendolyn. Había llegado a la terminal de trenes de La Habana, sin dinero, con una maletica de cartón y la dirección de un bar que le había proporcionado un paisano impuesto de sus aficiones musicales.

En aquel lugar trabajó sirviendo las mesas, cantando y bailando a veces para regocijo de los parroquianos y envidia de las otras empleadas que se celaban de la atracción de aquella mulata joven y distinta. Desde entonces quiso llamarse Lola, el más *exciting* nombre latino que conocía, y olvidar a la Wendolyn, hija de Victoria y de los rezos y cantos del templo anglicano de Camagüey, y a su madre maldiciéndola de pie junto al padrastro pastor. No, aquello no era lo que ella quería.

"Ain't she sweet, see her coming down the street", cantaba y se movía con su bonita boina, sobre la plataforma, se paseaba entre las mesas con un entusiasmo que no decaía ante los comentarios, alguna grosería o las voces imprudentes de la gente que llenaba el lugar.

Pero un día quiso aprender a bailar el danzón, aquella música inquietante que tanto la atraía. Se dejó llevar por esa tensión excitante que promete la liberación a través del ritmo siempre contenido y disfrutado en la fruición interna de los bailadores. Armando la inició en el lirismo de los tríos, en el misterio insondable para ella, acostumbrada a bailar a tiempo los aires con influencia anglosajona, derivados de la marcha, de no llevar nunca con los pies el ritmo que se escucha sino el propio. Concentrarse en el efecto enervador entre uno y otro ritmo, dejarse conmover hasta las lágrimas con el canto atrevido de las flautas y los violines. No, no era nada parecido al *two steps*, era algo nuevo e irresistible que no se le entregaba jamás completamente, como el amor mismo. Armando estaba allí y era cierto todo aquello y ella en sus brazos, deslumbrada por su elegancia y el danzón y su forma de sonreír y asentir siempre, siempre, siempre.

Era un mulato atractivo, elegante y suave, un conquistador de inopinada languidez. Coleccionista de mujeres y de amores que se aturdía con la mayor naturalidad en aventuras fáciles. Sabía eludir a tiempo complicaciones inconvenientes y ni siquiera se tomaba el trabajo de tratar de ser original. Siempre triunfaba con el mismo cuento. A todas les prometía el amor y el mismo juego de cuarto "chino" que se exhibía en la vidriera de la mueblería más cercana y que jamás compró a ninguna. A todas les daba, eso sí, el romance y el amor difuso que prodigaba haciendo caso omiso de los reclamos de exclusivismo de la amante de turno.

En la tertulia del cine Oriente la volvieron loca las manos y los besos de aquel hombre y su lengua (que se afanaba en su boca y en su oreja prodigando placeres infalibles), prometía más de lo que nunca le dio a ella ni a nadie. Valentino, con los ojos pintados de Rimmel y los labios de *rouge*, en el papel del hijo en *El Sheik*, juraba amor eterno a su pareja con arrebato exótico. Lola vibraba y se apretaba cada vez más en los brazos de Armando. Los músicos de la orquesta tocaban protegidos por una especie de jaula de las insólitas agresiones del público de la tertulia. Tomates, zapatos y otros objetos aún más contundentes se estrellaban contra la red. "Acelera Ñico, acelera. Acelera y pon la primera". La rubia amante del Sheik suspiraba y ponía los ojos en blanco. "Acelera, Ñico, acelera". Lola encontró el valor para confesarle a Armando la certeza de que estaba esperando un hijo suyo. "La China prieta comió frijoles, le hicieron daño y se fue a cagar", coreó con fuerza toda la tertulia. Los timbales hicieron un fortísimo, "Acelera, Ñico, acelera". En la pequeña accesoria de la calle Salud, con pretensiones de *garconière* como él le llamaba, Lola se fue quedando entre cojines de colores y un diablo negro con un ojo rojo y otro azul en neón que se encendían y se apagaban alternativamente a manera de guiño. Aquel diablo la inquietaba y la hacía reírse a veces sin motivo aparente recordando las vívidas descripciones que de aquel personaje se hacían en la iglesia. Allí conoció el amor como nunca lo había vivido ni imaginado siquiera. Allí también las demoras, la angustia, el olvido, la ausencia.

Se alejó con la niña que tenía tres años y hablaba ya las primeras palabras en español, pero sólo en inglés le habló ella hasta los siete. Armando logró quitársela en Ciego de Ávila, donde vivían, contando con la ayuda de un juez comprado y prejuicioso contra los inmigrantes jamaicanos. Al llegar al hogar de su padre, ya no se le oyó hablar durante meses ni en inglés ni en español, sólo cantar "Leta fai, fole mi", nadie conocía aquella canción, nadie podía descifrar aquella frase.

Lola comenzó a cambiar de nombre como de marido y lugar. Aparecía en los bailes de jamaiquinos en Pogolotti o Buenavista, en una colonia o ingenio, entre braceros en Camagüey o en Guantánamo, en la cálida Santiago o en un buen edificio de apartamentos en La Habana. La acompañaban hoy un músico, mañana un quiropedista o un simple cortador de caña, pero siempre paisanos. Por esa época conoció a Gilbert. Era un negro prieto, delgado y trashumante con unos ojos pequeños y al parecer fríos que la desnudaban con violencia. Cortaba caña y hacía cualquier trabajo a pesar de que tenía bastante instrucción. Había nacido en la zona del Canal, de madre jamaicana igual que Lola y un padre barbadense con un poco de sangre india. Tenía un humor violento y dulce al mismo tiempo y un modo de tomarla sin reparos que la desconcertó desde el comienzo.

Una tarde dieron albergue a un paisano que había llegado hambriento en busca de trabajo. Venía de Santiago de Cuba y hablaba con la convicción de los pastores de iglesia, pero era otro su mensaje. Era un seguidor de Marcus Garvey. Patterson, con la única muda de ropa y los zapatos gastados, llenos de polvo, entre bocados ansiosos y tragos de cerveza, desenvolvió un paquete que llevaba como único equipaje. Eran números atrasados de *Negro World*. En ellos Lola y Gilbert descubrieron juntos la palabra y la doctrina de Marcus Garvey.

La imagen de aquel gran hombre crecía y crecía en las palabras de Patterson. Viejos dolores, la ira de un pueblo que despierta y se reconoce en pasadas grandezas y en un futuro brillante, aparecían en la esperanza de las conversaciones. *"Let's fight! Follow me! Follow me!"* cantaban. Lola entrevió por primera vez las claves de su peregrinar, los trabajos y los sueños cobraban un sentido en el que todo se iba relacionando como parte de un drama inmenso que la tocaba y la abarcaba al mismo tiempo.

Gilbert quiso volver a Panamá, a la Zona. Allí cantaba él calipso y bailaba ella *indians* y el dinero que recogían a veces no alcanzaba para el ron y la comida. Los mejores tiempos eran los de Carnaval. Los antillanos trataban de olvidar que no eran más que *silver* y los americanos *golden* para todo. Casas *silver*, salarios *silver*, por igual trabajo, vida *silver*, *silver*, *silver*. En uno de esos bares con paredes de madera prensada, Gilbert cantaba, a veces ya muy tarde, aquella canción que había compuesto para Garvey y entonces su voz ronca y acerada parecía que no le iba a alcanzar cuando se alzaba como un himno. Una noche Lola lo encontró tendido en medio de la calle con un balazo en el pecho y los ojos abiertos y serenos. Su gente lo lloró y algunos se bañaron con el agua de aquel muerto para atraer la buena suerte.

Años después, Lola regresó a Cuba con dos anillos de casada de oro y brillantes exactamente iguales en los dedos anulares de ambas mano. Buscó a su hija pero no se entendieron. La vieja Victoria la acogió con las diatribas de otros tiempos. "Te alejaste del Señor y él se olvidó de ti".

Cuando la encontré, ya hacía mucho que no se sabía de ella. Había vuelto a practicar las mismas argucias de entonces. El escamoteo de las pérdidas, de las mudadas, de desaparecer. Nada más fácil para ella. Conservaba los anillos y la gracia de sus gestos cuando hablaba con inusual animación del pasado y sabía llevar con orgullosa dignidad su soledad. Entonces la abrumé con la confesión de mis recuerdos de infancia, de las conversaciones furtivas que escuché tantas veces sobre su historia. Sí, yo había estado de parte suya, pero quería saber algo más, un detalle.

Virginia, la hija de Lola, había tarareado durante meses y meses para desesperación de sus abuelos y tíos cubanos antes

de dignarse a contestar algo en español, "Leta fai, fole mi".
Lola rió. Era la canción que Gilbert había compuesto y cantado
muchas veces en honor a Garvey: *"Let's fight! Follow me! Follow
me!"* cantó Lola.

El re es verde

El re es verde, había dicho en el *kindergarten* musical Madame Paulette. El re es verde, le habían dicho luego las profesoras muchas veces. Y como las notas todas eran de colores, su padre le compró un juego de lápices de colores Prismacolor.

Al principio, con la ingenua confianza de ver dibujar a sus primos y hermanos, intentó muchas veces como ellos muñecas y casitas en el campo, paisajes con palmas y barcos, pero nunca le salieron. Luego lo abandonó y comprendió que no podría dibujar. Aquel don en lugar de crecer con los años, se perdía y ella jamás lo había tenido. Entonces fue cuando su padre le regaló una plantilla para colorear las letras. El 10 de Octubre, el 20 de Mayo, El Día de las Madres, eran los letreros que componía y rellenaba luego con colores.

Cuando pasaba de largo por la acera caminando, patinando, se demoraba un poco adrede y podía oírlos. Sí, eran ellos. Con sus "asere", con sus "consorte", sus gestos, su forma de moverse y afirmar, su forma de hablar y de relacionarse entre sí. Siempre la explosión de las risas, los manotazos y abrazos cuando los tragos iban causando su efecto, recostados al mostrador de la bodega de Paco. Una mujer pasaba y uno del grupo la agredía. No podía decirse otra cosa. El resto lo apoyaba y volvían a mirarse y a reír con esa complicidad y camaradería cerrada y misteriosa que se establecía a gritos y ¡bar-ba-ró! Eran ellos. Los tonos subían, una frase, una chispa que surgía de la propia exaltación comunicante y de pronto la bronca. Se encrespaba el grupo, se arremolinaban como un solo cuerpo. La bronca que terminaba en aguaje y abrazos aún más amistosos, en reconciliación como de amantes o en piñazos. Nadie sabía por qué. Con la música no era igual. Tenía facilidad para cantar y repetir las melodías, para captar el ritmo e identificar inmediatamente las alturas y los errores de sus compañeros. "Lo hace como si fuera si bemol y es natural". "Lo hace como si fuera fa natural y es sostenido", señalaba cuando alguien daba la lección y Fe apagaba el metrónomo de pronto y daba paraditas impacientes para interrumpir. Casi siempre tenía razón, pero a veces, aunque la nota no era la correcta, ella tampoco lograba solfear a primera vista los pasajes más difíciles y había que repetir y Fe se impacientaba. Tomaba el diapasón entre las manos y encendía el metrónomo en la indicación equivocada para volver a apagarlo de un manotazo y callar. Todos quedaban en silencio y cuando Fe se calmaba, cantaba ella, le mostraba la forma correcta y todos repetían y acertaban.

El re es verde y en los trasiegos de los compartimentos de la maleta de cuero y de las cajitas de lata de caramelo y galleticas vacías ya de las navidades, se le perdió el verde y con el verde el re. Entonces recordó las aseveraciones de la tía abuela. "El verde nace del amarillo y del azul". No había problemas. Comenzó a pintar el re de azul y le pasaba el amarillo por encima. ¡Ya está! Verde, verde, verde. Otras veces amarillo y le pasaba el azul por encima. ¡Perfecto! Verde, verde, verde. Pero Fe revisó las libretas de papel de pautas anchas y una tarde le devolvió la suya. Exasperada había escrito arriba y en los márgenes al corregir los ejercicios. El re es verde. El re es verde. El re es verde.

Otras veces era mucho mejor y entonces ella disfrutaba largo rato acechante, detrás de la ventana de la sala. Escuchaba la conversación de un grupo detenido en la acera, a dos pasos. Cuidando de que nadie de la casa la viera, disimulando. "Hay una bolita en el ambiente". Imaginaba la pelota blanca de tenis circulando sobre las cabezas. "Se le puede hacer una media, asere". Quizá para los pies, pensaba divertida. Podía ver al Grande echando extraños símbolos en el latón de la basura. "Voy a botar unos números raros, mi socio".

Estaban tan cerca que podía sentir la respiración o atisbar por las persianas la liberalidad con que marcaban una frase tocándose el sexo, sopesándolo sin pudor alguno.

Cuando se encontraban, ¡mi sangre! Cuando se saludaban ¡mi social! las palabras se enlazaban en un ritmo cortante y difícil en que todos participaban. Se rimaban, se repetían o encontraban frases felices que surgían como de la nada. Entraba uno, terciaba el otro, se interrumpían, se entrecruzaban y hasta se adivinaban el pensamiento en un ¡oficial! al unísono que la dejaba boquiabierta. Saboreaban algunas palabras y se regodeaban en ellas. La conversación continuaba y era divertida a gritos o misteriosa. Los rostros se animaban cuando se hablaba de mujeres. "¿Viste a fulana?", "¿viste a mengana?". Llegaban hasta un ¡ah…! delirante al evocar el placer. Eran agresivos cuando se planeaba una bronca "voy a ponerle el gao malo". Como un escupitajo general si se hablaba de algún fallo, de alguna cobardía, "no hay arreglo". Susurrantes a veces y tan rítmicos recordando una frase musical que podían reproducir o improvisar para terminar cantándola bajito con palmadas en plena calle. Era prodigioso, realmente era así.

Con re comenzaba el *Minuet No. 1* de Bach, y bajaba a sol de repente para volver a subir a re, esta vez por la ligera escala, paso a paso, y a sol y sol de nuevo. Un agudo mi y un poquito más abajo do para llegar al sol de arriba por la escala ligera. Luego a completar la frase y repetir y repetir. Su primera de Bach. La mano izquierda se equivocaba al cambiar los acordes que marcaban el tres por cuatro. Se repetía muchas veces como jugando. Quedaba expectante, esperándola, y el placer de la variación la sorprendía, era mejor aún. Como si cantara por dentro todo el tiempo. Cuando caminaba y su padre le enseñaba los nombres de las calles, la frase estaba allí en la memoria y podía disfrutarla cuantas veces quisiera sin que nadie se percatara de su secreto. La comenzaba en re y la hacía coincidir con el ruido de sus patines en la acera, con los pasos de los zapatos colegiales y hasta con el ruido de la maleta por la tarde, cuando pesaba más y chocaba contra las piernas. Se amoldaba perfectamente al sube y baja del yo-yo y al sonido de los yaquis al caer y recogerse cada vez con la pelota. Y a los soplidos largos y cortos del pito que llevaba colgado al cuello cuando patinaba. Con las explosiones del chicle de balón y hasta con el movimiento de la punta de los dedos al quitar los pedacitos. ¡Una asquerosidad!, decía la abuela.

Una tarde en que atisbaba, comprendió que las conversaciones amistosas se habían hecho misterio de pronto. Secreteos indescifrables auguraban la preparación de un gran acontecimiento, una gran fiesta en la que varios de ellos, los más jóvenes, habrían de participar por primera vez.

Al acercarse el día, los neófitos se engallaban como nunca excitados por la inminencia del "plante". Indíceme fue el nombre con que llamaron a los que habrían de iniciarse y Buana Bekura Mendó, Muñanga, Usagaré, se repetían como lugares de una geografía fantástica de la que sólo ellos conocían el lugar verdadero.

Formaban un mundo que la fascinaba y del que ella no podría nunca participar. Por la experiencia con P, supo que ni siquiera la relación con alguno de ellos le garantizaría su entrada. Con las mujeres era siempre distinto. Si estaban juntos las agredían y si solos se establecía una relación otra que no se parecía a aquella camaradería que envidiaba. Las miraban de lado, nunca les hablaban de frente. Notó que P y su primo también imitaban el lenguaje de aquellos hombres cuando jugaban o creían que ella no los escuchaba. Desde entonces la vio como una lengua especial que no hablaría jamás aunque la comprendía. Se entiende pero no se habla, como el portugués.

El re es verde, sintió que el tempo del *minuet* se unía al ritmo conque hablaban. Nadie podía hacerlo como ellos. Inventaban el habla a cada momento. Las conversaciones de los amigos de su padre parecían aburridas y grises al lado de esto. Su abuela la llamaba "jerga". Nadie sabía cuánto la divertían. Cuánto le gustaban ellos con sus hermosas dentaduras, su fuerza y su sensualidad, su agresividad y su misterio. El re es verde, atacó de nuevo aquella frase ensimismada. El re es verde, es verde.

Una leve y eléctrica sensación
A mis padres

Cuando sonaron los acordes el padre alzó a la niña en brazos. La depositó suavemente sobre sus propios pies. Los piececitos enfundados en medias blancas, resbalaron y se acomodaron sobre la superficie lustrada de los zapatos. Las manitas en las manos fuertes se sostenían con firmeza y suavidad al mismo tiempo. La niña permaneció alerta, con la gravedad que precede a los misterios. La orquesta atacó el tema tierno de los violines y ella pudo percibir en todo su cuerpo cómo se estremecían las piernas delgadas del padre. Cómo empezaban a moverse.

Frente al espejo se perdió en sus ojos interrogándose, "quién soy". En ese momento de vacío y de duda, casi desapareció el piso bajo sus pies y se sintió flotar presa de la incertidumbre, sin asideros y aterrada. Creyó caer y caer en un instante que resultaba interminable. Al fin tocó fondo y sus propios ojos le hicieron volver a ella. Salía como de la profundidad de sus pupilas y afloraba. Se hicieron nítidos los rasgos de la niña, los ojos inmensos, ya no fueron sólo negras pupilas dilatadas, sino un armonioso conjunto al que se agregaban las cejas, las pestañas, la suave curva del arco superciliar altivo o quizá insólitamente interrogante para su edad. El arco descendió y se reconoció en el rostro regordete y ovalado. La superficie del espejo devolvió las manitas crispadas sobre el latón de la cocinita de juguete convertida en la enorme plancha de la tintorería, con el filo del *bloomer* que se alargaba elástico para ser planchado como lo había visto hacer muchas veces. Shhhhhh, dejó escapar la niña en un silbido que imitaba perfectamente el ruido del vapor. Shhhhhh, volvió de nuevo largamente y se miró a los ojos. Tocó tierra. Todo quedó claro. Soy yo.

La música se apoderó de los pies que se movieron y con ellos, torpemente al principio, los dos de la niña que vacilaron sobre los del padre. Ella seguía atenta a cada nota, a la emoción del padre al entonar, a aquel dejar que la música los envolviera para sentirla como suya, a las rodillas del padre flexionándose y estremeciéndose y tropezando con su pecho. El padre tarareaba, murmuraba, se adelantaba a duras penas al canto de la flauta.

Cuando se quedaba allí sentada sobre el piso del patio, jugando con bloques y letras, podía escuchar las conversaciones desde abajo. No volvía el rostro. No mostraba el mayor interés y hasta era capaz de seguir un juego, una conversación banal si habían venido las primas. Pero no perdía ni una palabra de las de los mayores. Sus frases y secreteos, la forma de disfrazar la información, de cambiar las personas gramaticales y los nombres, no se le escapaban, y en su oído y en su entendimiento todo lo comprendía tan claramente, que hubiera horrorizado a los que querían ocultarle cosas que los niños no deben saber. Jamás hubieran descubierto en sus movimientos o en sus ojos el menor rasgo de conocimiento de causa. Aquella mañana hablaban ostensiblemente de la muerta. La madre se había apagado poco a poco en su belleza y juventud. La niña se miró de pronto los dos dedos gordos de los pies que asomaban por las sandalias y notó por primera vez que no eran exactamente iguales. Desde ese momento distinguió perfectamente el derecho del izquierdo y no sólo por su posición sino por su forma. Ella estaba muerta y supo que ya no volvería a la casa y que su salida inerme había sido la última. Y recordó el viaje con la madre a aquel pueblo extraño que desde aquel día sólo les pertenecía a las dos, adonde no se llegaba por ningún camino y que no tenía más que una esquina y unas pocas casas.

Los timbales marcaron con escobillazos el cambio. Un paso o dos hacia delante, hacia atrás. Un giro que se comienza e interrumpe. Una vuelta inesperada que deja la cabeza semimareada. Y luego marcar el paso como de marcha en el mismo lugar. Primero vacilante, luego confiada. Lentamente la niña se hizo partícipe y comenzó a sentir el inefable gozo de un rito carnal que disfrutaba. Agregando cada sentido en la delicadeza de los tríos. En el feliz desplegarse del montuno. Los pies, el tacto suave. Las manos, el oído atento, el cuerpo todo. La música que invade y cambia esa habitación ahora distinta y pletórica de sonidos. Percibir un ritmo y otro. Jugar, incorporarse al juego con tu propio acento interno que se confunde con el latir del corazón.

La acera allí parecía demasiado alta en aquella mañana de frío y niebla. El pueblo con sus casas de madera y portales y horcones lucía como un extraño paisaje envuelto en papel de China. No podría recordar nunca la cara de la madre, pero sí su abrigo, su mano cálida y su presencia diferente a todas las que habría de conocer en su vida. La certeza de que alguien está a tu lado y vive en tu recuerdo. Sentir como en un sueño esa presencia protectora, entrañable, esa compañía sin rostro que no puedes descifrar. Tratas de completarla con la cara familiar e inmóvil de los retratos, pero no es posible y así, incompleta, te acompañará toda la vida en la esquina de aquel pueblo donde estarás siempre con ella y donde no recuerdas a nadie más. Pueblo vacío y frío para ustedes dos solamente, y emergiendo de la niebla, la carretilla brillante del hojalatero se alza con sus resplandores. Las cafeteras, los jarritos de todos tamaños, las inefables cantinitas. La carretilla sola y la presencia de ella, solícita y extraña, sin palabras en aquel pueblo sin gentes, sin música ni ruidos. La niña recibió un jarro diminuto y el brillo de aquella lata fue más para ella que el oro fino, más que la plata o el cobre, más que todos los brillos de su vida y del mundo y que todas las estrellas, para siempre.

Subir por una escala que te deja jadeante para bajar después. Sentir moverse el alma lentamente, a distancias tan cortas y sutiles que te cosquillean en la piel. Adelantarse a la clara sensación de solidez de los intervalos amplios y perfectos. Adaptarse a los menores y disminuidos. Distinguir las distancias casi imperceptibles de semitonos que ascienden o descienden sólo un poco y que te obligan a poner los cinco sentidos y te dejan resbalando suave en un mar incierto. Asombrarte ante las inesperadas disonancias que estremecen y obligan al acomodamiento súbito del oído. Todo se le iba descubriendo como en un rito, con la premeditación y paciencia del amor.

La niña sintió poco a poco en el pecho, en los pies y en las manos que un misterio le estaba siendo revelado. Cerró los ojos y pudo así percibirlo con mayor claridad. El murmullo del padre cantando quedo zumbaba en los oídos y ofrecía una agradable, una leve y eléctrica sensación.

Algo bueno e interesante
A Gerardo Fulleda León

Ya sé que no tuviste la culpa de tu pelo cano, de tu sonrisa todavía de muchachito y unos dos apretones de mano inesperadamente cálidos que me subyugaron. Ni de que me sorprendiera pensando en ti, en la gravedad de tus trajes con corbata, en la seguridad de tus maneras, en la forma de retirar el mechón de pelo blanquísimo también vivo y abundante. Lo adiviné suave y estuve a punto dos o tres veces de retirarlo por mí misma.

De pronto, de la perplejidad, de la sorpresa y la duda, llegué a sentir la cólera de la impotencia, y de ella, surgió la cólera de este relato. Escribiendo disfrutaría (para mí el mayor placer del mundo), de esa malévola sensación de tenerte totalmente a mi merced. Te despeinaría los cabellos, zafaría el nudo de tu corbata, mancharía, estrujaría y quitaría (por supuesto) tu traje recién planchado y tan organizado. Te imaginé al fin indefenso, desnudo, temeroso, apasionado, lleno de deseos y de dudas, desesperado y no sabiendo cómo se organizan los sentimientos. Organizar, organizado, ese fue el reto, la palabra clave con que te perdió un buen amigo que sólo quiso alabarte. Comenzaste a formar parte de mis más secretas ensoñaciones de todo tipo. Escribir este relato sería una especie de venganza personal (la única posible) por haberme gustado sin esperanzas tan tontamente.

Imaginé entonces lo que sería nuestra historia, pero no creas que fue un juego fácil ni inofensivo. Te juro que tuve que sufrir y que no pude ser tan prepotente como esperaba de mí misma. No fue posible salir ilesa de semejante trance.

Hice que todo comenzara en una tarde clara, casi transparente en el patio del restaurante El Patio. Ella (es decir, yo): su alegría y su certeza de que pronto le pasará algo bueno e interesante. Él: su curiosidad. El amigo: su cariño y su asombro. La luz persistente entre las arecas y esa humedad y frescor tan agradables de la hora, ya casi en las proximidades de un crepúsculo que se obstina en no llegar. Al sol: la plaza cuadrada y la fachada ondulante de la gran iglesia. A la sombra: los soportales y balcones.

Los dos hombres la habían visto llegar al mismo tiempo.

—Siéntate con nosotros. Estás bellísima. Lástima que a mí no me gusten las negras—dijo el amigo.

Él los miró entre divertido y escandalizado. Había una especie de amistad muy especial entre ellos, mezcla de amor y de intimidad que siempre le había llamado la atención.

—Estás bellísima—repitió el amigo.

—Seguramente debo estarlo porque me siento muy bien. Me siento así, bella.

—No eres muy modesta.

—¿Para qué sirve eso? Al menos en un día como hoy no puede servirme de nada. En cualquier momento me pongo a cantar.

—¿Se puede saber a qué se debe tanta felicidad?—preguntó el amigo.

—No tengo la menor idea—contestó ella.

—Nadie se muestra tan eufórico por nada.

—Pues yo sí, estoy segura de que algo bueno e interesante va a pasarme.

Él no tuvo más remedio que intervenir.

—¿Cómo?

—Y pronto.

—Por favor, déjate de excesos—dijo el amigo.

—Bueno, pero usted es una bruja—se atrevió a decir él.

—No la de Blancanieves, por cierto—respondió ella.

—Pero sabe lo que va a suceder—dijo él con toda credulidad.

—Está loca de remate, no le hagas caso. Vuelvo enseguida—dijo el amigo al punto de levantarse. Se dirigió al interior del restaurante.

—¿Por qué no me habla de usted?—le espetó ella cuando se quedaron solos—Podría contarme algo bueno e interesante.

—¿Es un chiste o un juego de palabras?

—No, es en serio. Hábleme de África. Ya sé que ha escrito dos libros, pero en ellos no habla de usted.

—Me gustaría que fuéramos a otra parte—se atrevió a decir él sorpresivamente.

—¿Qué hacemos con nuestro amigo?—ella lo miró burlándose—hombre serio y organizado, no tienes que molestarte, yo lo resuelvo.

En el pequeño bar repleto de gente, el amigo saludaba a unos conocidos.

—Nos vamos—dijo ella.

—Espérate un momento. Enseguida estoy contigo.

—No, no vengas. Nos vamos él y yo.

—¿Y eso?

—Parece que tu amigo piensa que él puede ser ese algo bueno e interesante que va a "pasarme".

—No es posible.

Me invitó a que fuéramos solos a otra parte. Vine para facilitarle las cosas, así que no salgas al patio. Mañana te llamo. Chao.

Siempre hubo algo que quedó pendiente entre nosotros. Aún con el carácter fantasioso de esta aventura. Un cabo suelto que ni la imaginación pudo suplir. En realidad supe que jamás me hablaría en este relato de África como le había pedido. No sé por qué siempre se lo he reprochado mentalmente. Quizás porque el África (de la que no habló) significaba tantas cosas, las que no me diría nunca aquí ni en la realidad.

—Él trató todo el tiempo de aparecer ante mis ojos como una cosa buena e interesante.

—Háblame en serio, por favor. Me preocupa mi amigo.

—¿Y no te preocupo yo?

—Ya sé como eres... ¿Qué piensas hacer?

—No lo protejas tanto.

—Es que te conozco y él no tiene la culpa de tus traumas.

—No hay motivos para alarmarse. No ha caído en mis garras ni mucho menos.

—¿Qué piensas hacer? ¿Vas a seguir la broma?

—¿Tú qué me aconsejas?

—Te advierto que hay inconvenientes, nadie sabe lo que puede pasar.

—Pero tampoco nadie está capacitado para detener los acontecimientos. Talmente me crees una vampiresa o algo peor.

—¿Te acostarás con él?

—No sé si él me lo pedirá.

—Lo harás.

—Cada uno tiene las aventuras que escoge tener. Eso lo escribió Pavese, en su diario.

— "¡Basta de palabras!".

—¿Cómo?

—Eso también lo escribió Pavese, sólo que al final del diario, el último día, el del suicidio.

—No seas trágico.

—¿Vas a volver a verlo?

—Creo que sí.

Un lugar como aquel club no lo había visitado él quizá durante años. Allí lo quise imaginar, fuera de todos sus contextos habituales, fuera de lugar. Quise que mientras me acariciaba, fuera penetrando más y más en el misterio de mis silencios y miradas o al menos lo intentara.

—Eres una mujer compleja.

—No digas eso. Te dejo entrar. No hay misterios, no te oculto nada.

—Sí lo hay.

—Me estoy mostrando como soy.

—Sé que lo haces pero yo no puedo abarcarlo todo. Siempre me sorprendes.

—Bueno, no es mi culpa.

La voz de Pablo comenzó a escucharse. Se alzó entre ellos. Era un bolero de feeling poco conocido. "Si supieras que te quiero tanto, que comprendo cuál es tu dolor". Ella comenzó a cantar muy bajito. Él la acariciaba y le besaba la cara.

—Te recuerda a alguien—afirmó él.

—No precisamente. Me recuerda muchas cosas a la vez, una época. —"Y no crees, no crees en mi amor"—continuó Pablo.

—¿Por qué lloras?

—¿Y cómo no hacerlo?

A él le inquietaban su desenfado y su misterio. A veces llegó a parecerle descarada, aunque por supuesto, no se atrevió a decirlo. Pero ella lo adivinó como adivinaba muchas otras cosas. Era algo contradictorio, desenfado y misterio. Cuando uno creía estar llegando a ella, se cerraba de pronto. Alzó un brazo y él lo agarró desesperado como un náufrago. La besó.

—Dime, por favor, si yo soy algo bueno e interesante. ¡Me muero por saberlo!

Al principio ella hizo que el placer lo sorprendiera como una bofetada, y sin darle tiempo a reflexionar, las emociones incontrolables lo tuvieran a su merced por mucho tiempo. Palpitaciones, taquicardias, disfonía sorpresiva de la voz, manitas frías, temores y dudas fueron los síntomas que le llevaron casi a la muerte. Al alivio del primer orgasmo, siguió otra etapa en que las sensaciones penetraban en su ser produciendo no ya aquel estado de confusión, sino de gracia. Luego llegó la voluptuosidad y le hizo regodearse golosamente tratando de apurar cada emoción, cada sentimiento en el colmo de la desesperación, con los poros y los nervios bien abiertos. Se sintió presa de los celos retrospectivos más atroces. Los pudores de la carne, dejados atrás por el deslumbramiento del placer tan humano, le hicieron avergonzarse de su pasada mezquindad. No podía llamarse de otra manera. Una cortísima separación desorganizó su vida de tal forma que los recuerdos aún recientes de lo vivido junto a ella, se vengaban en su carne y tiraban con fuerza, le encadenaban y le pusieron en la más ineludible de las crisis.

No fueron eficaces ni el razonamiento, ni la organización ni la tiranía de la rutina. El aburrimiento ya no fue más un refugio seguro. Cada vez deseaba más el desorden de aquellos besos y la impuntualidad de los orgasmos, con su escándalo de griticos inconvenientes e inesperados y aquel venir abajo sorpresivamente, sin posible programación o control, sin saber jamás cuando habría de suceder, sólo cuando ya era inevitable, siempre demasiado pronto o demasiado tarde.

Seguramente él había conocido esta otra clase de amor, pero lo había sabido evitar. Ahora se vengaban, sin nombres ni apellidos aquellos amores viejos. Recuerdos de vergüenzas y cobardías injustificables amenazaban de pronto su tranquilidad, eran implacables. Una muchacha muerta, un amigo adolescente, la amante que trató de enseñarle el amor limpio de los cuerpos. Todos desembocaban allí, en esta mujer extraña hasta hacía sólo unos días. En esta mujer extraña en realidad a la que saludaba con apretones inocentes, sin sospechar que fuera capaz de tanto delirio.

Y como era de esperar, le llegó el momento a su querida esposa. Aquella mujer virgen que él había escogido *ex profeso*. El amor sin riesgos, cómodo, de la que hizo la compañera de su vida. Su mujer lo defendía, lo amaba porque lo poseía. Ella había ido haciendo poco a poco el inventario de todas su cobardías y le facilitaba el asidero para desvirtuarlas y ahuyentarlas. Se dedicó con una eficacia insuperable a desmentir los pequeños remordimientos, uno a uno, proporcionándole la seguridad más absoluta, la que debiera durar, pensaba él, toda la vida. La esposa no se engañaba, sin embargo. Era como el crimen perfecto y en todo caso, el móvil había sido el amor. Así lo profesaba. Se lo demostraba en cada detalle, con minuciosa asiduidad, con la ciega obstinación conque las arañas y las hormigas continúan su obra.

Por una breve nota en el periódico supe de su muerte repentina. Una "dolorosa y corta" enfermedad había abatido al objeto de tanta ensoñación de la manera más fácil y rápida. Supuse que no tuvo tiempo de escoger entre morir o morir como en mi relato. En esos días, la noticia interrumpió la redacción. Precisamente me ocupaba de escribir aquella parte que titulé provisionalmente "La posibilidad de la muerte y una decisión". Dediqué varias sesiones de trabajo a planear esas muertes y las disyuntivas se concretaron en una solución que me había parecido ingeniosa: "morir o morir". Ante el descubrimiento casual y sorpresivo de una enfermedad mortal, él debía escoger entre "morir" continuando al lado de su esposa (morir a largo plazo). Y si le quedaba al menos un año de vida, irse con la amante (es decir, conmigo) y morir también al final, pero habiendo vivido.

La breve nota periodística con la descripción del entierro puso fin a mis especulaciones. En la realidad todo había sido mucho más sencillo y quizás sorprendentemente frustrante. Él no llegó a tener una oportunidad de vivir y realizarse sino en el relato. Más vale tarde que nunca, pensé, más vale en la ficción que en ninguna parte, rectifiqué.

La duda

Cuando La Madre entró en la sala, alisó de un manotazo el hábito, dio media vuelta y se detuvo en seco; Josefa supo que se trataba de una mujer acostumbrada a mandar. Las dos se sentaron frente a frente en las altas butacas de caoba pulida y rejillas. Josefa se inclinó solícita hacia la mesa de centro. Allí estaban los vasos de cristal tallado de las visitas importantes. El líquido espeso y fresco de la champola de guanábana blanca llegaba hasta los bordes. El vestido de hilo color crema salpicado de ramos bordados al *fils tiré* almidonado e impecable, la hacía lucir más esbelta envarada entre las ballenas de su corsé. La Madre tomó el vaso, lo hizo reposar en el regazo negro y continuó hablando como quien no va a comenzar a beber. Josefa no se sorprendió y quedó atenta a las palabras de aquella mujer.

La verdad es que ella nunca había visto monjas negras y aquella era una monja. De edad indefinida, de rostro oscuro pero que delataba el mestizaje por sus tintes amarillentos, tenía la nariz afilada y un poco alta. Daba la impresión de no necesitar interrogar a nadie sobre nada. La forma en que ella llevaba la cabeza erguida por el collarín blanco y duro del hábito le daba un aspecto todavía más autoritario.

Por el acento se presumió al principio que La Madre había llegado quizá de Jamaica, ¿era una cubana educada en Jamaica? ¿en los Estados Unidos? La Madre en realidad procedía de un caserío muy pobre de la costa del Caribe, cerca de Puerto

Limón. Abandonados por el padre, sus hermanos y ella se dispersaron después de la muerte de la madre. Mal alimentada y enferma tuvo la suerte de ser acogida en un convento cercano. Eran monjas dominicas, y Sor Amelia, una religiosa de mediana edad, se hizo cargo de ella, pero no la acogió verdaderamente como a una hija. Las reglas del convento, las convicciones que habían marchitado su corazón por tantos años de encierro, le impedían el egoísmo de guardar para sí esa clase de amor al que había renunciado por sus votos religiosos. Era casi un milagro estar allí, vivir alimentada, vestida y a salvo del fango y del calor, en la frescura de los claustros, protegida del frío bajo las mantas en la noche. Creció, se habituó a los rezos interminables, a los horarios del convento señalados por los tañidos de las campanas. Las monjas, algunas eran viejas ya, otras habían profesado hacía pocos años y las novicias llegaban de cuando en cuando. Todas eran blancas o mestizas de sangre india. De tez muy clara, empalidecida por el enclaustramiento. En algunas todavía podía verse el tono amarillento, oliváceo. En otras, el misterio de los ojos prendidos al bajar la mirada con gesto de modestia monjil. Pero no había ninguna de estirpe negra como ella. Al principio no se había dado cuenta de ello. Era una niña. Aprendió a trabajar y a servir a las novicias. No tuvo tiempo de preguntarse hasta mucho después por qué era ese el lugar que le correspondía.

Sin embargo, le permitieron aprender a leer y a escribir. Una novicia, casi una niña, le enseñó las letras, la vida de los santos. Matilde le ofreció una amistad que pronto las dos convirtieron en amores, en mutuo descubrimiento de sentimientos, sensaciones no conocidas hasta entonces. Los besos en secreto no pasaron de las mejillas, pero lo más intenso eran las miradas. Las demás monjas comenzaron a notarlo y surgieron la curiosidad, el asombro, la envidia, las malas intenciones, la maledicencia. La Superiora adoptó una decisión salomónica, las separó. Matilde comprendió que aquel no era su camino y regresó a su familia. Ella fue enviada a un convento de negras en Estados Unidos. Pero aquel amor le había enseñado a quererse. En aquel convento había aprendido a conocer las ventajas de la disciplina, el privilegio del saber y el vértigo del poder en la persona de la Superiora. Por un momento temió ser expulsada de aquel lugar que era todo lo que había conocido hasta entonces. Ser arrojada a aquel pueblito miserable que apenas recordaba. Sería monja, sería poderosa y ya no podía existir nada, ninguna duda que la detuviera, que le impidiera seguir el camino trazado. Ella no dejaba detrás ni siquiera el recuerdo de una familia. Había salido muy pequeña de su casa para establecerse en aquel lugar sin tiempo y sin posibles referencias personales que era el convento. No podría ya recordar su casa, su origen, sus hermanos, la cara de su madre. Le faltaban ellos, pero también otros familiares, amigos, vecinos, paisanos que hubieran conocido a su gente. Le faltaban anécdotas, fotografías que quizá le ayudaran a sostener el recuerdo de sus orígenes, de su identidad, del amor filial, el que le hubiera sido profesado de manera espontánea, el que nos pertenece, el que no tenemos que agradecer. Aquel desarraigo le daba fuerza. Lo cierto era que venía de allá, de los Estados Unidos y hablaba con convicción de educación, de escuelas para niñas negras. "En los Estados Unidos muchos negros han emprendido el camino de la superación", decía. "Ya se verán los resultados. La primera escuela se abrirá aquí en La Habana", concluyó.

Josefa hablaba de niños de las mejores familias negras. Al fin La Madre llevó el vaso a los labios y Josefa aprovechó para hablar de tradiciones. Contaba, recordaba, evocaba con vehemencia. Cuánto habían luchado por abrirse paso, por lograr un lugar en aquella sociedad que los despreciaba, que se empeñaba en postergarlos, en humillarlos. El sacrificio cotidiano de la familia para poder lograr una carrera universitaria, que era a lo máximo a que podían aspirar. Cualquier posición en la política, en las artes, sólo se conseguía con un gran sacrificio. No se sabía a veces por qué extraños e inesperados caminos. "Prestigio, sobre todo eso. Dinero no, no lo permitirían, nunca lo habían permitido. Pero vivir con decoro...". Sí tenían mucho de qué enorgullecerse y ella lo sabía. No había que olvidar las glorias de Brindis de Salas, de Lico Jiménez y José White en la música. Aclamados, investidos con títulos nobiliarios en las cortes europeas en su momento. Triunfaron, se impusieron allí, en el campo de los más refinados y encumbrados talentos de su época. En las guerras de independencia habíamos ganado derechos que algún día tendrán que reconocernos. Los Maceo, Antonio Maceo es sólo un ejemplo entre muchos, ya se sabe. Y ahora, profesionales, médicos, abogados como mi marido, maestras. "Cuánto sacrificio, Madre, cuántas humillaciones e insultos solapados que hay que desoír para seguir adelante".

Desde tiempos de España los negros y mulatos eran admitidos en las cofradías. Mi abuelo perteneció a la de La medalla milagrosa de la Iglesia de la Merced", recalcó con orgullo. La Madre se estremeció y tragó, la barbilla subió y bajó. Josefa tomó aquel gesto como de asentimiento, como un acicate para continuar con el elogio de los de su clase. "Sí, usted tiene razón, la educación, cuando todos... Sí, llegarán a aceptarnos". La Madre apoyó de nuevo el vaso ya mediado y miró atentamente a Josefa. Le pareció que ella exageraba con eso de "las mejores familias". Las mejores de qué, de dónde. En aquel retablo de bastardías y desorden que evidenciaba el mestizaje. Ya se sabe de qué procedencia, pensó. Sus ojos tomaron un brillo autoritario que los labios trataron de suavizar con un premeditado rictus de condescendencia maternal. "Se trata de fundar, educar" continuó con énfasis. "Se trata de aceptar a los que quieren entrar por razón de Dios y las buenas costumbres. Tenemos el apoyo del Obispado y yo pronto regresaré a Baltimore. Allá sabrán del resultado de mi peregrinar por esta isla. Ya hemos tenido adhesiones como la suya. Incluso algunas donaciones modestas, pero serán útiles. Pronto se hará realidad nuestro sueño".

La Madre cortó la cinta y el cura de la vecina iglesia de La Caridad asperjó con agua bendita y sahumerios de incienso la nueva institución. Bendijo el refectorio, los dormitorios, la cocina, la lavandería y las demás dependencias, seguido por los invitados que comprobaban con satisfacción el orden y la limpieza de la escuela. En la capilla ofició la primera misa. El Padre Eusebio sería el confesor de las hermanas y de las niñas.

Los patios y los claustros de la casona de la calle Lealtad estaban llenos de bullicio. Las monjas, todas norteamericanas, habían aprendido español y se mezclaban con las futuras alumnas y sus familiares, todos endomingados. El señor Falcón, el profesor de música y único hombre autorizado a enseñar allí además del cura, pidió silencio. Había compuesto el himno de la escuela y ya lo habían ensayado con un grupo de muchachas. Era un mulato muy delgado, un poco canoso en sus cincuenta y tantos años. Había sido recomendado a las monjas no sólo por su experiencia como profesor de piano y canto, sino por ser católico, educado en los Escolapios de Guanabacoa, casado y de probada moral. El señor Falcón se llevó el diapasón a los labios y todas afinaron en la, "por Cristo y por la Patria esta escuela es nuestro hogar". Las manos del músico atacaron los acordes mientras movía la cabeza con energía. Trataba de acompañar y dirigir el coro al mismo tiempo.

Julia y Leticia no podían ocultar su excitación. Al fin se cumplían para ellas los sueños de uniformes nuevos, de diario, de gala. Con sus sombreros de paja de Italia, amarrados con elásticos bajo la barbilla, que hacían más gruesos los cachetes. Medias largas y sayas a media pierna para guardar el decoro. "Una escuela de monjas americanas" repetían con orgullo a las primas que no tenían la suerte de asistir a ella. "Aprenderemos inglés", dijo Julia. "Oblate Sisters of Providence", se atrevió a chapurrear Leticia con cierta gracia.

Los días jueves, la abuela Engracia se sentaba en el cuarto de atrás, frente a la bóveda espiritual. El olor a colonia y un vaho de azucenas blancas, conque se había bañado, se mezclaban con el olor de las flores. Había llenado con agua fresca la copa del Espíritu Santo con el rosario de plata bendecido en la Iglesia de la Merced. El crucifijo quedó al frente. A cada lado, tres vasos para el resto de los espíritus completaban con la copa el número siete, número sagrado. En la mesita de al lado ordenó los tabacos, las velas, el frasco de agua de colonia y la botella de aguardiente con su jícara. Martina y Miguel, sus amigos de siempre, eran los médium que la acompañaban cada jueves. Acababan de entrar. "No quiero tanta gente en la casa. Ustedes tres y basta. No quiero que todos se enteren de que aquí se celebran sesiones espirituales", le había dicho su hija Josefa muchas veces. Martina había traído más flores, azucenas y príncipes negros. Ella misma las acomodó en el búcaro. Miguel encendió la vela, la luz que había de presidir la "obra".

Cada uno ocupó su lugar. Comenzaron los rezos y los estremecimientos. La energía se multiplicaba y la abuela Engracia entrecerraba los ojos de vez en cuando, su cabeza se inclinaba hacia atrás. Martina la atendía solícita esperando los signos de la posesión. "Piensa en Dios, en Dios, en Dios", repetía Martina. La respiración de Engracia se hacia más y más rápida y más audible. "En Dios, en Dios", Miguel observaba entre turbado y expectante. Engracia se agitó y abrió la boca intentando hablar sin lograrlo. "Adelante, avanza, avanza, hermano", dijo Martina. Engracia cerró los ojos y abrió la boca de nuevo, trató de hablar pero nada salió de sus labios. "Adelante, avanza, en el nombre de Dios", dijo Martina salpicando con energía algunas gotas de agua de colonia sobre su amiga. La cabeza de Engracia comenzó a moverse hacia adelante y hacia detrás con un ritmo que empezaba a ser obsesivo. Se detuvo. De pronto, una voz grave y ajena brotó de entre los labios surcados de arrugas. "Buenas noches", dijo. "Muy buenas noches" contestaron al unísono Martina y Miguel, evidentemente aliviados. "Misericordia". "Sea derramada", fue la respuesta. La abuela Engracia se puso de pie y su cuerpo vaciló balanceándose delante de la bóveda. Una solemnidad inusitada presidía cada uno de sus gestos. Los brazos delgados abarcaron el espacio por encima de los vasos. Pequeñas burbujas evidenciaron la energía que se acumulaba en el agua. No dijo más y volvió a sentarse en su lugar. Martina se apresuró a despojarla, sacudiendo de nuevo las manos empapadas en colonia. Vertió un poco en el cuenco de las manos de Miguel que se refrescó la nuca y la frente. Al final, ella misma repitió el gesto. Engracia fue presa de fuertes convulsiones, luego se apaciguó y apoyó los pies con firmeza en el suelo. "Es Ta José", dijo Miguel. Martina llenó presurosa la jícara de aguardiente y la puso en las manos de Engracia. Ella bebió con fruición. "Eto sí etá bueno verdá", se le oyó decir con una voz ronca esta vez. Miguel le tendió el tabaco encendido. Ta José le dio una larga fumada. "Congo, conguito, congo de verdá, yo vengo a la tierra a hacer caridá". Cantaron todos.

Engracia trataba siempre de proteger la casa, la familia, no tenía descanso. Consultaba los seres, los espejos, atenta a cualquier signo de desgracia, de peligro. El recuerdo de un detalle del día le haría dar vueltas en la cama, tomar determinaciones para subsanar el descuido al día siguiente. Escudriñaba las miradas de la hija, de los nietos, tratando de descubrir el mal para conjurarlo. Limpiezas con yerbas, flores, perfumes, aspersiones por todas las habitaciones. Oraciones milagrosas para impedir la entrada de energías negativas. El vaso de agua que se bota hacia la calle para evitar todo lo malo. Un comentario. Un leve malestar. El mal humor del yerno. Cualquier contrariedad podía ser atribuida a envidias, malos ojos, maleficios que los espíritus guardianes de la casa debían ayudar a eliminar. Últimamente Josefa, su hija, lucía nerviosa, inquieta. Preocupada por la estabilidad de su casa. Aquejada de celos infundados o fundados, daba igual. Registraba los bolsillos del marido buscando cualquier indicio. Una mañana la sorprendió en el momento en el que sostenía en una de sus manos un pañuelo de hilo blanco, estrujado y todavía vagamente húmedo. Engracia se acercó a su hija y pudo ver en su rostro la sorpresa y el asco. Las dos sintieron el fuerte olor dominado por un perfume escandaloso y desconocido mezclado con ciertos aromas de sudor y quién sabe qué otros efluvios no identificables. Josefa miró a su madre con desamparo. Se sintió herida.

La vida escolar resultó llena de sorpresas y contrastes para las niñas. Al principio extrañaban la comida de la casa, los regaños de la madre, la condescendencia de la abuela y hasta las llegadas del padre a la hora de la comida. De sobremesa, cuando tenía tiempo y estaba de buen humor, les leía cuentos que atesoraba en su biblioteca. "Hay allí muchos libros todavía impropios para las niñas", decía el padre. Les costó trabajo acostumbrarse a las nuevas amistades, a levantarse a oscuras para asistir a misa. Pero lo que más les agobiaba eran las duras tareas de limpieza, lavado, cocina. Era preciso prepararlas para su papel de ¿amas o esclavas de casa? En las tardes, después de las disciplinas escolares obligatorias todavía debían aprender y trabajar más y más. Bordados, costuras, tejidos. Julia se aplicaba y mostraba toda su habilidad. Leticia sufría. Le costaba trabajo lograr la paciencia necesaria para deshilar las madejas de hilo, la precisión exacta para cada puntada. "Hay que tener disciplina, modestia, humildad", repetían las monjas. "Las lentejas, ¿no te gustan? pues hay que comerlas, es una pequeña prueba. Hay que comer de todo". Y los castigos, pellizcos, diatribas, horas de oración hincadas en reclinatorios con granos de maíz incrustados en las rodillas. Horas y horas, por la más sencilla desobediencia, por la más leve distracción durante la misa. Leticia sufría, trataba de rebelarse y era la más castigada. "Debes dominar tu soberbia, la penitencia y la oración te ayudarán", advertía Sister Juana. Julia parecía aceptarlo todo, aquello para ella era justo. "¿Justo? No puedo creerlo", le decía su hermana. "A veces quisiera salir de aquí". "No seas tonta, no lo repitas, es lo mejor para nosotras. Mamá no permitirá que dejes la escuela".

En medio de aquel céntrico barrio de La Habana, las campanas se escuchan al amanecer. Suenan, resuenan. El sonido es agudo o grave, brillante u opaco. Ahora lento, luego más rápido. Más cerca, más lejos, muy cerca. De la Iglesia del Sagrado Corazón se dejan escuchar también. Como una conversación, es el Ángelus, llamando a misa.

La capilla de la escuela de niñas está repleta. Ellas, con sus rostros de todos los matices, lucen sus uniformes blancos de domingo. Esperan sentadas en los bancos. La misa no ha comenzado y todavía cuchichean, ríen. Algunas monjas van entrando al recinto desde los claustros. Negras, mulatas, la mayoría jóvenes vistiendo el hábito negro, el rosario colgando a un lado, más allá de la cintura. Se deslizan a pasos cortos y rápidos. El velo largo, el cuello rígido, les hacen inclinar un poco la cabeza hacia delante en gesto que parece de modestia, de recato. Y al volver la cabeza de lado o hacia atrás, el peso de los hábitos les obliga a girar no sólo el cuello, sino los hombros en un movimiento característico. Hablan entre sí en voz baja. Sonríen. Se deslizan vigilantes por los pasillos de la capilla, entre los bancos de madera. Observan a las niñas de frente, de reojo. Con sólo una mirada hacen callar o bajar el tono a las que ríen o conversan demasiado alto.

Las niñas esperan la misa, la comunión. En la propia capilla, al fondo, alguno padres y madres endomingados conversan con las monjas. Josefa había cruzado varias veces su mirada con la de La Madre que saludaba a los padres en el fondo de la capilla. La había evitado esa mañana. Cuando no les quedó más remedio ambas se saludaron sin hablar, con sólo un gesto reticente.

Pero a la misa, a la comunión de esta mañana, la había precedido la confesión del sábado. El Padre Eusebio, como siempre, había esperado a las niñas en la penumbra del confesionario y esto era motivo de inquietud para algunas. Las preguntas de aquel hombre que pasaba ya la edad mediana las aturdían, las llevaban a un terreno que apenas comenzaban a pisar con vacilación. El Padre Eusebio comenzaba a sudar, a jadear. Sacaba el pañuelo y lo pasaba por la frente donde se estiraban pegajosos algunos mechones ya muy ralos debido a la calvicie. Miraba de reojo el pecho abultado de Julia. La boca entreabierta y húmeda de la muchacha temerosa excitaba al religioso. Las preguntas de siempre la llenaban de incertidumbre. Despertaban en ella sensaciones hasta entonces desconocidas. Él trataba de llevarla donde quería. Hacía nacer en ella poco a poco la fascinación por lo prohibido. Provocaba en la muchacha esa dolorosa tensión entre la curiosidad y el temor. Aquel hombre preguntaba insistente, despiadadamente, incitaba en ella el deseo por experimentar placeres que no había imaginado siquiera. La obligaba a confesar, a negar y aceptar. Él estaba consciente de lo que hacía. La excitaba y garantizaba nuevas confesiones, nuevos pecados que habían estado solamente en su imaginación y no en la de la niña.

Luego, en la soledad en que debía cumplir la penitencia, en lugar de sentir la pureza de sus oraciones, asociaba los Padrenuestros y los Avemarías con aquel cosquilleo imperioso de entre las piernas que la urgía a tocar los labios, el clítoris, descubrir los puntos más sensibles, el movimiento placentero. A veces parecía distraída y metía la mano en el bolsillo de la saya del uniforme para alcanzar la vulva sin ser vista. Se mezclaban en ella el descubrimiento del placer y el amargo sobresalto de la culpa. Ella sentía que su cuerpo era el espacio del dolor, del miedo, y así comenzó a experimentarlo. Descubrió el castigo después de las masturbaciones, después de que la torpe manipulación de los labios y el clítoris la llevaran a un clímax en el que estaba implícita la culpa, el temor al castigo. Entonces se lo infligía a sí misma. Recordaba las historias, la vida de santos auto flagelados. Cerraba fuertemente los puños hasta enterrar las uñas en las palmas de las manos. Aprendió a mezclar este dolor y esta culpa con las sensaciones placenteras, sin poder sacar de su mente aquel remordimiento que no la dejaría ya. Por eso, por miedo, había preferido la supuesta seguridad de los claustros.

Julia comprendió que aquel enamorado, el hijo del representante Marquetti, le gustaba. Que podía sentir placer al solo contacto con aquel joven, al roce casual del sexo erecto disimuladamente en el abrazo del baile. Aquello también le hacía sentir angustia. Y las conversaciones con las amigas que ya habían experimentado los besos, los toqueteos, o que habían visto. Sintió miedo, era eso, miedo. Tomó la peor decisión. Escapar a estas tentaciones. El claustro, la vocación, allí se sentiría a salvo.

Con el tiempo, Julia comenzó a preocupar a su madre con lo que ella llamaba su vocación. Vocación, se aterraba Josefa nada más que de pensarlo. La escuela estaba bien, la educación, todo eso, pero de ahí a que una de sus hijas, Julia, se hiciera monja. No, eso era algo en lo que ella no había pensado. Julia a veces la alentaba, la confundía repitiendo las palabras de Sister Juana, de Sister Sacred Heart o de La Madre, la fundadora. "Hay que descubrir en los corazones la vocación, el camino del amor y la renuncia a muchas cosas del mundo. Pero para consagrarse a otra misión más alta, en Dios, en el servicio de Dios, en la caridad, en la educación". "Es una tarea tan necesaria, tan linda", le decía Julia a su madre y la hacía dudar, vacilar entre la idea de verla enfundada en hábitos negros y aquella hija, que se hacía cada vez más hermosa, que podría…

Julia insistía. "¿Estás segura?" decía el Padre Eusebio, su confesor, tratando de descubrir alguna razón mundana para escoger el claustro para toda la vida. La timidez, quizá algún oculto desengaño amoroso que le llevaba a huir de la familia, del mundo. "Puedo darle todo mi amor a las niñas, a la labor de la escuela", insistía Julia.

En los días de vacaciones, en la casa, se mostraba como una calambuca, como decía la abuela. Siempre rezando. Siempre rehuyendo el baile y las diversiones y cuchicheos de Leticia con las primas, con las amigas que venían a visitarlas. Leticia por el contrario se sentía aliviada de la disciplina y las restricciones de las monjas. "Hablaré con papá. La preparatoria sí, pero sólo este curso. Haré mi bachillerato en el Instituto, en la calle, como todo el mundo". "Ya veremos", contestaba Josefa. "Eso no es así como tu quieres". "No enseñan bien, mamá, allí no nos preparan bien. Mucho rezo y mucho bordado, pero lo demás deja mucho que desear. Tú misma deberías comprobarlo". "Ya veremos", repetía Josefa.

Julia ya no hacía caso de los consejos de la abuela. Rechazaba los baños con flores blancas y perfumes para purificarla, para que recibiera mejor los espíritus que según la abuela la protegían. "Tú tienes mediunidad", le había dicho la abuela. "Tienes una gitana que está contigo pie con pie, te la he visto muchas veces, alegre, llena de pulsos, moviendo sus siete sayas de colores. Tú misma la has visto, cuando niña... "Son cosas del demonio, abuela, mi confesor... allá no nos dejan bañarnos desnudas. Esas son cosas del demonio para tentarnos. Usted misma debería dejarlo".

Aunque al principio Josefa no estuvo muy de acuerdo en entregar a su hija mayor al Señor, el Padre Eusebio, y el mismo entusiasmo de las monjas norteamericanas casi habían logrado convencerla. "Es un regalo de Dios, Josefa, tú propia hija", le dijo un día La Madre al notar la incertidumbre en sus ojos.

Las vocaciones surgieron como arte de magia. Muchachas negras y mulatas de Santiago, de Cárdenas, de La Habana. Hubo algo muy comentado en Camagüey, cuatro vocaciones en una misma casa, las Luaces, una familia mulata de la más alta consideración. Sí, cuatro vocaciones, cuatro hermanas que querían ser monjas. El Padre Eusebio alborozado decía que aquello no podía ser obra más que de la Providencia. "Son frutos, el Señor nos ha bendecido, ha bendecido nuestra labor en este país", repetía La Madre.

La Madre notó un cambio en la actitud de Josefa que las hizo enfrentarse. Había duda en ella, rechazo a las ideas que La Madre supuestamente había inculcado en el ánimo de su hija Julia. Había indecisión. Josefa por primera vez se preguntó si no sería mejor sacarlas de aquella escuela. Las ventajas de aquella educación religiosa no le parecían ya tan convincentes, tan adecuadas. Aquellas diferencias las enfrentaron en una lucha callada. La Madre por no perder lo que pudiera ser una vocación, por hacer valer su influencia. Aquellos pequeños triunfos eran parte de las satisfacciones del poder que había conocido siempre. Sustituían las prerrogativas más mundanas y desconocidas para ella del amor en todas sus facetas, al hombre, a la mujer, a la familia, a las propias educandas que definitivamente no amaba. Las gobernaba, las manipulaba cuando era necesario y con la convicción de que hacía lo que era mejor para ellas, las educaba.

Josefa se enfrentaba ahora a La Madre, aquella mujer indescifrable que había tratado durante todos estos años. Recordó la gran diferencia con aquella primera entrevista de años atrás en su casa, cuando la escuela era todavía un proyecto por realizar. Comprendía que siempre ahora el carácter multiforme del ascendente que La Madre ejercía sobre las pupilas y en particular sobre su hija Julia. Era capaz de acecharlas, de rodearlas con sus pensamientos, de programar la educación que las fuera llevando donde ella quería. La religión, las ideas religiosas de obediencia, de pecado, de culpa, de humildad, de pobreza entre comillas porque allí no habían niñas pobres que no pudieran pagar aquella escuela. Los hábitos que se les inculcaban, la organización de la escuela, la disciplina toda estaba encaminada a ello. No todas respondían de la misma manera, es cierto. Pero en el caso de su hija Julia a todo esto se adicionaba un factor que Josefa no había sabido adivinar y que La Madre y el Padre Eusebio sí conocían muy bien, el miedo.

Josefa, que sí aceptaba los despojos y sahumerios de su madre cuando se sentía agobiada por algo, mantenía con la Iglesia una relación ambigua. Ella oscilaba como siempre lo había hecho entre el respeto y el gesto social. Hay que adelantar, hay que ser civilizados y llegar hasta donde no nos han dejado llegar todavía. Esconder el poder, el verdadero poder, el nuestro, si es necesario para alcanzar un lugar allí, lo haremos. Mamá recuerda la época en que todavía había esclavitud. Gracias a Dios nosotros nos habíamos librado de ella. Nos separamos de la plebe, de los que todavía andan por ahí chancleteando sin saber ni siquiera firmar. Tenemos que esforzarnos, seremos un ejemplo de buen vivir. Es la única forma de influir en el gobierno, en las artes, en las ciencias. Monjas negras, quién lo hubiera dicho, y hablando inglés.

Tan pronto se dejaba llevar por el entusiasmo como por el desaliento. "¿Habremos ido demasiado lejos?" interrogaba a su esposo. Él siempre evasivo, metido en sus cosas y en el malabarismo de los horarios y las idas y venidas a la casa de la querida jamás descubierta, le dejaba a ella toda la responsabilidad.

Josefa había tratado de escudriñar en los ojos de su hija. Ya las formas de mujer asomaban decididamente bajo el uniforme escolar. Podía estar dada a la plenitud del amor y la maternidad como lo estuvo ella a sus años. Una decisión así, de la que luego podría arrepentirse. A Julia no le faltaban los pretendientes y pese a su aparente timidez, ella como madre y mujer la había observado muchas veces. Halagada ante los requerimientos de Anselmo, el hijo de Marquetti, el representante. La había visto contonearse, disfrutar del baile, de los danzones. Jugar, retozar con Leticia de una manera que no auguraba los rigores y la austeridad de los claustros. Y si era un entusiasmo pasajero, una crisis, algún desengaño, quizás por el noviazgo de Anselmo con Aída. Un disgusto que Julia no había expresado ni por asomo. Esas cosas, esos misterios del alma que ella como madre debía saber descubrir. Algo que bien podía sanar con otra pasión juvenil. ¡Eran tantos los pretendientes posibles! Los que quizá podían hacer feliz a Julia en esta vida y no aquella otra.

Entonces Josefa sintió de nuevo la necesidad de acudir a los seres, a aquellas vibraciones entrañables cuya presencia había sentido tantas veces muy cerca de ella, a las sombras furtivas que atravesaban el corredor aun antes de poder definir exactamente sus contornos, a aquéllos a los que sólo se podía hablar en sueños. Hacía tiempo que evadía las conversaciones con la abuela sobre esos temas. Esa tarde, se sentó con ellos, con los que prestaban sus cuerpos a los que ya no animaban carne.

Quería saber de Julia, de su hija. "Deja que coja su camino. Dios no la dejará errar. Nada puedes hacer", sentenció el eclesiástico con voz grave. Josefa sintió la frialdad de aquellas palabras. Su hija estaba a punto de tomar el camino irreversible de los hábitos y ella, desesperada, acudía a los espíritus. Aquella respuesta casi impersonal la había sentido como un rechazo.

Engracia y Josefa estaban frente a frente. Se disponían a doblar las sábanas blanquísimas. Engracia había exhortado a su hija a ayudarla. No tuvo más que mirar los ojos de Josefa para corroborar lo que ya había estado notando en los últimos tiempos. Algo se había estado deteriorando entre las dos y ella estaba dispuesta a evitarlo. Su hija Josefa se estaba alejando. Tomó las dos puntas de uno de los extremos de la sábana y Josefa la imitó desde el otro extremo de la pieza de hilo con los bordes terminados en una fina trama de dobladillos de ojo. La hija se alejaba cada día más de sus creencias, se ponía fuera del alcance de la protección que siempre le había profesado. Lo notó cuando dejó de sentarse los jueves junto a la bóveda de los espíritus. Cuando dejó de consultarle sobre las cosas que ella sabía que tanto la afligían. Miró el rostro de su hija. Se la veía triste, quizá un poco cansada. La anciana le buscó los ojos. La hija trató de ocultar su propia mirada y se alejó unos pasos. La pieza de tela se estiró. Engracia unió los bordes de cada lado y Josefa retrocedió unos pasos más. La tensión del tejido se hizo más tirante. Engracia nuevamente buscó los ojos de Josefa que trataban de evitar los suyos. Pero ella no tuvo más remedio que devolver con sinceridad la mirada de su madre. Estaba triste, sí, preocupada, cansada y confusa con todos los conflictos que se habían acumulado en las últimas semanas. Julia, su marido. Las manos más experimentadas de Engracia doblaron la sábana una vez más juntando las puntas y Josefa la imitó. Las dos se alejaron para alisar el tejido. La sábana ya estaba doblada en dos. Caminaron la una al encuentro de la otra para unir las cuatro puntas. Las manos se rozaron brevemente. Estaban frente a frente y muy cerca. Se alejaron de nuevo para estirar la sábana ahora doblada en cuatro partes. Se acortaba la distancia entre las dos. Se acercaron ahora de nuevo. Estaban frente a frente con los ojos en los ojos, dispuestas a unir finalmente las cuatro puntas. Las dos cada vez más cerca, más cerca. Los ojos como suplicantes de la hija se entregaron. Los de la madre, le devolvieron una mirada suave, acogedora. El silencio que permanecía entre las dos no impidió la corriente de emoción cuando las manos se unieron por última vez. La abuela pudo ver como los ojos de Josefa no ocultaron más su tristeza, su cansancio. Ciertos desencuentros, sentimientos, ciertas actitudes se fueron desvaneciendo. Parecía como si todo se hubiera ido aclarando entre ellas. Como si el hilo de la comunicación se hubiera restaurado. La aprensión de la madre estaba desapareciendo, había derrotado la actitud como de defensa de Josefa. La sábana ya estaba doblada perfectamente y las dos quedaron muy juntas. Engracia recibió a su hija despacio. Josefa se dejó abrazar. Suspiró.

Una tarde agobiada todavía por la duda se trasladó en coche hacia el otro lado de la ciudad. Iba a consultar a un *babalao*, padre del secreto. Ella llegó allí desesperada, pero con toda la humildad del que necesita saber.

El hombre, de edad indefinible, la recibió, la hizo pasar a una habitación pequeña y de paredes casi desnudas. Una sencilla chaquetilla sin mangas y pantalón a media pierna, de algodón blanco, inmaculado, era toda su vestimenta. La gorra, también blanca, protegía su *eledá*, aquella cabeza que había sido coronada a su debido tiempo y en la que estaban concentradas toda la fuerza y toda la vulnerabilidad, los caminos infinitos del aprendizaje que es la vida, lo que nos guía en este mundo y nos conduce a otro. Un collar sencillo pendía de su cuello. El *idé* de cuentas verdes y amarillas en la muñeca izquierda era el símbolo de su realeza. La majestad le venía por el camino de la sabiduría. Josefa sintió que estaba ante un rey.

Le ordenaron despojarse de sus zapatos y su traje gris de saya y chaqueta, del más elegante corte, le pareció fuera de lugar. Se postró en la estera con la humildad del que necesita desesperadamente la verdad. Entonces fue cuando recordó a Ma Leona, Leonila, su abuela, la madre de su madre, la verdadera, la que no había participado en cofradías ni en pasadas grandezas, de la que no se hablaba, la que había quedado sepultada en los recuerdos de la familia. Ella, la esclava, había logrado la libertad y la de su pequeña hija mulata, gracias al amo blanco, padre de la niña. Ella penaba todavía en las ruinas de los barracones del central Limones, de allí llegaba hasta los sueños de su propia hija, Engracia. Recordó el *Itutu* de Leonila, la ceremonia final en que Yemayá, madre infinita, dueña de la cabeza de Ma Leona quiso quedarse con Engracia. Quizá para proteger y continuar aquel linaje que había venido con ella desde África. Engracia la rechazó, Josefa la rechazó. Todos los recipientes de los orichas de Ma Leona fueron rompiéndose uno a uno. Josefa volvió a sentir el sonido inconfundible del barro que se quiebra. Allí se rompió para siempre el hilo de aquella estirpe. Las consecuencias impredecibles de aquel acto resonaron ahora en el corazón de Josefa. De pronto comprendió la magnitud de aquella pérdida. Ella estaba allí, en aquel lugar tan diferente de la iglesia, de la capilla en que había hecho la primera comunión, de la iglesia donde se había casado, de la escuela de monjas donde su hija debería quedar separada para siempre de todos.

En el tablero de sus adivinaciones, el *babalao* removió el polvo ancestral. Trazó signos que borraba y volvía a trazar en una especie de frenesí. Su rostro se transformaba con una energía inusitada. Por él parecían pasar vertiginosamente todas las emociones. Los ojos muy abiertos, sin mirar, se fijaron en un punto. Era Yemayá, ella misma. Pero no era Asesú, no era la Mayeleo, no eran Achabá ni Okute, era Ibú Aganá, Agwalarú. Un incontenible rumor de mar invadió la cabeza de Josefa y la hizo vacilar. "¡O mío!" gritó.

Aquel rey, aquel sabio la acogió con aparente indiferencia, la abrazó. Dice Ifá que "el perro tiene cuatro patas pero sigue un solo camino".

Parque Trillo

El Parque Trillo ocupa una manzana entre las calles Aramburu, Hospital, San Miguel y San Rafael, en el corazón mismo del barrio de Cayo Hueso. Es una explanada bastante árida que nunca ha podido parecer un jardín porque jamás creció allí un buen césped. Al centro, un terreno arenoso con unas pocas yerbas brotadas a la buena de Dios. Algunos almendros de poca sombra hacen que, a las horas de sol más fuerte, el parque permanezca casi desierto. Dos ceibas hacia el lado de la calle San Rafael y una estatua del General Quintín Banderas sobre un pedestal modesto son los únicos detalles relevantes del parque. Al pie de las ceibas, racimos de plátanos ya casi podridos y amarrados con cintas rojas, gallinas y gallos prietos acompañados de monedas de cobre y otras ofrendas a los orichas, demuestran la profunda vocación religiosa del barrio. La primera estatua del General no fue del agrado de los veteranos negros de la guerra de independencia. Ellos esperaban quizá el parecido y la dignidad del héroe con el que incluso algunos habían combatido en la manigua. Al fin trajeron para la inauguración la que está allí ahora. No mucho mejor que la primera, pero los veteranos resistieron a pie firme los discursos hipócritas sobre una de las figuras más maltratadas de los grandes generales de nuestras guerras, hasta el punto de morir asesinado a mansalva. Allí estaban ellos luciendo sus medallas conmemorativas, su desilusión y su pobreza. No se sabe por qué la estatua está situada a mediados de la cuadra hacia la calle San Miguel, frente a la fachada del cine Strand, y no en el medio del parque. Por ese entonces, al

138

Parque Trillo lo rodeaban muchos establecimientos, negocios de poca monta: El cine Strand, con su fachada encendida derramando luz sobre los bancos que dan a la calle San Miguel, La Confianza, una tienda de judíos polacos con vidrieras, la más grande del entorno. Isaac, el dueño, salía a la acera para abordar a los transeúntes. Se inclinaba siempre amable ante los posibles clientes y se limpiaba el sudor de la frente con su pañuelo blanco, suspirando aliviado, como si acabara de poner a salvo a su familia del frío y de los *pogroms* que habían perseguido a sus abuelos. La Gran Vía, café restaurante muy concurrido a toda hora y La Villalbesa, la casa de empeños. Mucha gente del barrio dejaba allí las cadenas de oro, los sortijones y las pulseras compradas a plazos para desafiar la pobreza y con las que presumían en las fiestas de La Polar y La Tropical. Pagaban el interés desesperados, con la esperanza de poder recuperar aquellos símbolos de la prosperidad que no llegaba. Ahora podían quedar para siempre en las manos de "padrino". Alrededor del parque funcionaban también talleres de chapistería y mecánica y las caficolas con sus refrescos de a tres kilos. El agua de Seltz se mezclaba a presión con los siropes haciendo hervir las burbujitas de gas, salpicando la punta de la nariz, haciendo cosquillas en la garganta. El redondel arenoso servía de terreno para los juegos de pelota de los muchachos cuando salían de la escuela. Por la tarde, los grandes, los muchachones, algunos hombres ya, los desalojaban. Llegaba la hora de jugar ellos. Ese Parque Trillo fue lugar en que se celebraron mítines durante enconadas campañas políticas, de broncas y según la letra de un conocido danzón, de la muerte de Patomacho. Pero también de protestas obreras y estudiantiles y se alegraba al paso de la comparsa del barrio, los Componedores de batea o de cualquier otra mojiganga de ocasión. ¡Cucaracha! ¡Cucaracha! Flaquísima con su vestido más arriba de las rodillas, dejaba ver las piernas vacilantes, caminando siempre en diagonal, de medio lao'. Ahora rápido. Luego lento. Se volvía mirando con temor y odio a los que le echaban a perder el paseo. Se detenía desafiante. El cinturón apretado muy alto, casi bajo los senos caídos.

La pintura brillante, extendiéndose por fuera de la línea de los labios y las inevitables chapas de colorete. El escote dejaba ver los motazos de talco. Parece una cucaracha acabada de salir de las cenizas, dijo alguien un día y se le quedó. ¡Cucaracha! ¡Cucaracha! gritaban hasta que lograban ponerla furiosa. ¡La cucaracha la tengo aquí! Se levantaba el vestido. Las carcajadas subían y subían. ¡Cucaracha! ¡Cucaracha! No sabía si huir o quedarse. La crueldad la hacía pasar de la rabia a la impotencia. ¡Cucaracha! Al llanto. Trataba de correr y resbalaba a punto de caer. ¡Cucaracha! Y huía. Huía con el rostro pintarrajeado por las lágrimas el colorete y la angustia. ¡Cucaracha! ¡Cucaracha! Gritaban implacables. Nunca lo vimos tomando en un bar ni en la barra de una bodega. No llevaba una botella en la mano. Al menos yo no supe jamás en qué lugar del barrio vivía. Pero era él, el borracho. Siempre así. Un hombre canoso de baja estatura que se paseaba por las calles aledañas pero que prefería también el Parque Trillo. Jamás sobrio ni bien vestido, ni limpio. Cayéndose, tirándose por el suelo en una eterna borrachera. Era él, el borracho. No se le conocía otro nombre. ¡Ahora es cuando es! ¡Supervielle alcalde! Era el grito que lanzaba una y otra vez, provocando la hilaridad de algunos y el estupor de otros. ¡Supervielle alcalde! Era la consigna que veinte años atrás había llevado al poder a un alcalde que quiso ser honesto y se suicidó por no haber podido cumplir sus promesas electorales. Atravesando el parque una madre con su hijo epiléptico. Él ya maduro, en sus cuarenta, la frente abultada sobre las cejas. Ella frágil, escuálida. Él caminaba con las manos cruzadas a la espalda. Ella lo seguía a poca distancia. Él continuaba lento, molesto, casi furioso por la obsesiva persecución. Ella guardaba la distancia. Él se detenía. Ella se detenía. Él avanzaba. Ella avanzaba. Así años y años. Él hosco. Ella cada vez más vieja, arrastrando una pierna lifangítica. Sin reposo.

Pero el Parque Trillo era entre otras cosas el parque de los mariguaneros y de la mariguana. Desde muy temprano en la mañana se dirigían allí tratando de obtener la yerba, ansiosos ya a esa hora. "Julio Angulo triunfa porque no engaña". En la esquina de Hospital un jíbaro, un vendedor. Un mulato alto y fuerte con dos dientes de oro por falta de uno, las motas de pelo recortadas sobre las orejas. Siempre diligente con su paquete disimulado bajo el brazo. "La mexicana y la de la Sierra son las mejores". Nunca llevaba mucha cantidad por si la "fiana", sólo la que podía vender al momento. La Chinca, su mujer, se encargaba de traer el suministro poco a poco. A veces la vendían mezclada con hojas de otros arbustos. El efecto no era el mismo. Los compradores no deseaban fumar sino "fumar". A los mariguaneros por su paso leve y su palidez se les reconocía. Venían envueltos en una aureola de funestas advertencias. ¡Mira, ahí va uno, un mariguanero! Seguramente deben haber existido mariguaneros gordos, medianos o rechonchos, bajos o muy altos. Pero yo sólo reconocía a aquellas fantasmagóricas figuras con la barba sin rasurar y las ropas gastadas, hasta raídas por haber preferido los anhelados pitillos antes que renovar aquel vestuario ya descolorido. Los brazos de los mariguaneros se dejaban caer a los lados del cuerpo con cierta laxitud que delataba pocas urgencias de otro tipo. Las manos terminaban en dedos afilados a propósito para liar los cigarrillos, a veces manchados y con las uñas sucias, descuidadas. Los ojos eran los delatores más evidentes de su embriaguez. La mirada adormecida. En los labios una sonrisa, luego una carcajada que surgía de pronto, sorprendente, demasiado suave para serlo. Habían, sin embargo, sus excepciones. Octavio y Charles, los hijos de Elvira la gorda. Octavio se metía en el cine Strand a rascabuchear mujeres a las que no se atrevía sin fumar. Provocaba uno que otro escándalo cuando ellas protestaban. Charles, el hermano, el impotente, se volvía el más osado y loco de los exhibicionistas, enseñando su sexo sin el menor temor debajo de la estatua del General Quintín Banderas. Cuando los afortunados habían logrado fumar. Cuando ya se había compartido, distribuido, vendido o expendido la yerba, se sentaban en los bancos semicirculares que daban a la calle Aramburu. Juntos, pero separados. Al principio ausentes, luego dispuestos. Las manos semiescondidas para fumar el leve pitillo al revés, con la candela hacia las palmas de las manos por si venía la policía. En las tardes el parque estaba casi desierto. Los muchachos no habían regresado todavía de las escuelas. Ellos se elevaban cada uno en un sueño diferente. Octavio y Charles, los hermanos, se aislaban en uno de los bancos de cemento, pensando quizá en las mujeres que no habían podido tener. Entonces llegaba el negro que lo había tenido todo y se sentaba entre los dos, como siempre. Vestía un traje carmelita ya gastado pero con la corbata bien anudada. Trataba de conservar la elegancia de otros tiempos. Extremadamente delgado aparentaba más edad de la que en realidad tenía. Octavio y Charles enseguida le hacían un lugar en sus ensoñaciones. Hablaban con el rostro hacia el frente. Con la mirada fija en un punto más acá del paisaje del parque. Sin mirarse unos a otros. El negro flaco fumaba porque lo había tenido todo. "¡Todo brother, todo!" Porque lo había perdido todo y porque no esperaba ya nada. "Tú sí tuviste suerte". Comenzaba Octavio y le dejaba contar. "Yo había pasado mucho trabajo tú sabes. La vieja lavando pa' la calle, pegada a una batea y yo vendiendo periódicos, zapateando media Habana pa' ganar unos quilos. Y de pronto, el Yiyi, el Yiyi campeón, un gran campeón brother. El dinero, la fama, las mujeres, el mundo a mis pies. Y todo rápido muy rápido". "Si yo hubiera sido negro me estiraba las pasas así como tú. Con ese brillo, campeón, siempre que te veía pelear de chama, ese era mi sueño". Decía Charles tomando parte en una conversación que se había repetido muchas veces. Y el negro que lo había tenido todo, que lo había perdido todo y que no esperaba ya nada, continuaba hablando. "Aquí los negros no somos nada. Por eso yo tenía que ganar brother. Si no se puede ganar en los negocios ni en la política hay que meter golpes, hay que ser estilista y ser el mejor, el mejor brother. Y yo fui el mejor. Y tú sabes, un montón de trajes, un montón de pares de zapatos. Y fiestas, el champán que corría". "Y las cadenas de oro que tú llevabas siempre", le recordaba Octavio. "Yo fui el mejor vestido de Nueva York, el mejor vestido de aquella época, del mundo, brother, del mundo. ¡Paré el tráfico en Broadway! Y los negros de allá, los americanos me miraban, me gritaban, me veían como a un ídolo. Los negritos, tú los veías así, chiquitos y se fajaban por limpiarme los zapatos. Me decían. Yo voy a ser campeón, "¿Y el Madison campeón, cómo es el Madison?". Charles le había hecho esa pregunta muchas veces. "Enorme brother, enorme". Los tres podían ver las luces escuchar los chiflidos, los gritos delirantes de una multitud como un mar. "Como un mar de gente y tú sabiendo que todos están allí por ti. Toda esa gente pendiente de tus puños, de la agilidad de tus piernas para poder ganarle al contrario. Toda esa gente. Los millonarios, los hombres y las mujeres bien vestidos, con abrigos de piel, con brillantes, todos pendientes de ti. Y los famosos, los músicos los artistas famosos que salen en las películas. Todo aquello era como en las películas". Y subían aún más las voces, los chiflidos, los campanazos. Las piernas del campeón ligeras como en una danza, los puños invencibles rápidos. "Yo tenía mucha velocidad, la gente se volvía loca porque tú sabes, el cubano, yo boxeaba casi bailando y engañaba, parecía suave bailando y engañaba porque no me dejaba pegar. Mi lema era pegar sin que te peguen. Yo tenía un golpe de abajo hacia arriba que cogía la nariz del contrario. Y otra cosa, hacía lo que menos se pensaban, se me ocurrían las cosas de momento y sorprendía al contrario y hasta al mismo manager que me conocía muy bien". Y el triunfo, el brazo levantado una y otra vez y la sonrisa y los saludos. Y siempre los gritos, los chiflidos, los gritos siempre. Los tres entreabrían los labios. En la mirada del campeón ahora estaban los triunfos. "Coño, pero te quitaron aquella pelea…" interrumpía Octavio. Siempre que llegaban a ese punto el campeón se agitaba se ponía furioso como si fuera posible rectificar el pasado. Entonces Charles sin mirarlo le hacía cambiar de tema. "¿Y las jevas? Tú sí que te tiraste las que quisiste…". Y el negro hacía aparecer a las mujeres. Hermosas, sonrientes, y con ellas una música, un perfume. Y Octavio y Charles respiraban hondo, ansiosos, compartiendo en aquellos momentos las jevas del campeón. "Las francesas, las rubias, las mujeres que nunca había tenido, comiendo de mi mano, brother. Se me regalaban, me perseguían.

Se metían en mi camerino, en el cuarto del hotel. Una se me metió en el cuarto. Y yo que no la conocía, que no la quería dejar entrar y ella que sí, ella que se iba quitando la ropa y era una belleza, muy blanca, parecía de nieve pero era de fuego. Los senos chiquitos brother, los pezones grandes, rosados, y ella que se me tiraba encima, con todo aquel perfume, que me la agarraba y yo, ya tú sabes, encendío enseguida. Ella que me gritaba. "¡*Fait l'amour l'amour!*". Octavio y Charles deliraban "¿Y entonces?". Preguntaba ansioso Octavio que ya se sabía el cuento de memoria. "Lo más grande brother, ella que no se cansaba y gritaba y gritaba. Hasta por la mañana, brother, por poco me mata". Octavio y Charles exclamaban un ¡Ah! al unísono, casi llegaban al orgasmo. "Ella era rubia, con ese pelo que parecía seda, brother, seda". Se veía a sí mismo joven desnudo y hermoso con aquel cuerpo codiciado por las mujeres pero también por los fotógrafos, por los escultores. "Me criticaban porque era mujeriego. Los managers, los empresarios querían que fuera campeón solamente en el ring, pero yo quería ser también campeón en la cama. Quería vivir brother, vivir". Octavio y Charles podían verlo todo. Hasta que el negro que lo había tenido todo, que lo había perdido todo, se entristecía porque no esperaba ya nada. Todos seguían flotando en una aparente desidia que no era tal. Siempre quedaba un mínimo de atención por si llegaba la policía en sus acostumbradas redadas. Eran las redadas de mariguaneros del Parque Trillo. De los desapercibidos, de los que les gustaba comprarla, liarla y fumarla allí mismo. No en la intimidad de sus casas, no en una posada con una mujer, no en los estrechos cuartos de los solares. La energía sólo se movilizaba visiblemente en el momento de las redadas. Los policías golpeaban el suelo con sus palos y aquella gente hasta ese momento lánguida, los que habían poblado pacientemente de sueños el espacio todo, el cuadrado todo del parque, se movilizaba sorpresivamente y contra todo lo esperado, eran capaces de correr, de encontrar un escondite en el cine, en el baño de algún café cercano, de huir simplemente lo más lejos posible. En las páginas del periódico de la tarde, por falta de alguna noticia más contundente apareció en esos días, en la crónica roja, Julio Angulo. Ya se comentaba por el barrio. "Lo cogieron, y a la Chinca también". En la foto no parecía el mismo. Evidentemente había sido obligado a mirar a la cámara por medios violentos que todos adivinaban. Los ojos inyectados de una ira que en nada se parecía a los transportes de otros momentos. Delante de él, una mesa llena de paquetes ya preparados y de cigarrillos liados y alineados en gran cantidad. "Julio Angulo triunfa porque no miente". Con los brazos cruzados al frente la mirada baja y el pensamiento puesto en el dinero perdido. Con la Chinca se ensañaron como siempre que se trataba de mujeres negras. El pelo, los mechones de pasas apuntando hacia arriba. Para esa prensa la imagen misma de la trasgresión. Ella, la Chinca, miraba desde aquellas páginas con odio. El hambre, la frustración y todos los maltratos de su vida, de su hombre, de Julio Angulo, el último, y del anterior y del otro y de todos, se asomaban allí en aquella mirada. Ella no había dicho todo lo que sabía para proteger a Julio. Sabía muy bien que él no se lo merecía, que era capaz de echarle tierra a ella misma con tal de salir limpio. Pero ella era mujer y tenía su forma, sus principios. De ella nadie podría decir por ahí que estaba en camancola con la policía, ni mucho menos que había tenido miedo. Miraba para la cámara desafiante. Cuando intentó una sonrisa, sólo logró mostrar los dientes con ferocidad. Más agresiva aún que su hombre.

Una de aquellas tardes de calor la abuela se recostaba como siempre al alféizar de la ventana que daba a la calle. Era una mulata muy blanca y las manos ya surcadas de venas estaban cubiertas de pecas grandes y carmelitas. Los muebles de la sala, un juego de caoba y rejillas estaban un poco polvorientos. Un forro de color crudo con bieses azul marino cubría el piano, lo protegía del polvo o más bien disimulaba el deterioro de aquel instrumento, de aquel mueble que pretendía darle distinción a la casa. La puerta de la calle estaba abierta como siempre. Un olor inconfundible precedió el escándalo que cada vez se acercaba más. Los mariguaneros, muchos aquella tarde corrían delante de los policías que más bien parecían dispuestos a espantarlos que a atraparlos. Al menos era evidente que no los podrían coger a todos. Esposarían a dos o tres de ellos para justificar su lucha contra la droga, contra los expendedores, contra los mariguaneros. Abuela distinguió al negro que lo había perdido todo. Sin vacilar se dirigió a la puerta y lo conminó a entrar con un gesto. El negro que no esperaba ya nada se sorprendió pero entró en la sala con la premura necesaria para evadir una detención inminente. Se veía flaco, los huesos de la cara muy marcados anunciaban su futura calavera. "¡Siéntese ahí!" le ordenó la abuela autoritaria como siempre. Cerró la puerta y él se dejó caer en uno de los sillones. "¡Parece mentira! Yo no podía permitirlo. ¡Una gloria de Cuba! Que usted cayera en una redada de mariguaneros del Parque Trillo. Quédese ahí hasta que pase todo. ¡Tenía que ser negro!". El negro que lo había perdido todo, que no esperaba ya nada, parecía ausente, no consciente todavía del peligro o del escándalo inminente si lo hubieran detenido. "Voy a buscarle un vaso de agua", dijo la abuela dirigiéndose hacia el interior de la casa.

Aquella anécdota sirvió para que la abuela la repitiera en cuanto se presentaba la ocasión. Mi hermano y yo también, orgullosos de que aquello hubiera ocurrido en nuestra casa. Pero dejamos de hablar de ello pocos días después, cuando otros acontecimientos llamaron la atención de la gente del barrio. Un mediodía se corrió la voz de que Ava Gardner y Dominguín, el torero, estaban en El Colmao en la calle Aramburu y algunos curiosos corrimos a pararnos en la acera de en frente para verlos salir. Eva, la hija de Juan, el dueño de la caficola frente al parque, aprovechó que el viejo se quedó ciego y convirtió la caficola en un bar de mala muerte, frecuentado por algunos de los temidos Tigres de Masferrer. Escandalizaban con sus pistolas a la cintura dando vivas a Batista y amenazando a todo el mundo. Hicieron que los niños se recogieran en sus casas, que el grupo de muchachones ya no jugara más a la pelota por las tardes y que los mariguaneros desaparecieran definitivamente del parque.

Sobre las olas

La tumbadora marca el tres por cuatro y es el vals. Un vals y no una rumba, y no un bembé, no un toque de santo. Un vals. Es el vals en las manos del tamborero capaces de convocar el trueno. Es un mulato joven. Luce un peinado rastafari. Los pies están enfundados en zapatillas blancas, Adidas. El pantalón estampado cubre las piernas que se ajustan sosteniendo la tumbadora, marcando también el ritmo. El mentón sube y se estremece. Los labios se crispan involuntariamente a cada giro, a cada cambio de intensidad. En la mirada del tamborero acechan trampas, deudas de juego, mujeres ajenas.

Sí, es verdad que los dados estaban cargados y las cartas marcadas. Tuve que salir echando de Jovellanos. Gané y gané como si hubiera tenido pacto con el Diablo. Tanto que arranqué con la China y no paramos hasta La Habana. Horacio se quedó sin plata y sin mujer. Pero yo no tuve la culpa. Ella fue la que quiso venir conmigo. ¡Qué manera de gozar con esa mujer! Con ese dientecito de oro que cuando se ríe parece que se está burlando de ti. Linda no es, pero tiene un cuerpo y un empuje que pa' qué. Este tambor es lo mío. Changó me ha dado esa gracia y aquí estoy, luchando con este piquete de los violines. No si ya hasta compré un cacharro, un Buick 51' que está parao, no creas, para los viajes. No hay quien coja un camello ni un taxi con los instrumentos. Ahora así, motorizados, no damos a basto. Que sí un violín a la una en Cayo Hueso. Otro a las cinco en La Habana Vieja y el último a las nueve en Alamar. Y así casi todos los días. Se gana un baro, un baro. Se te pegan la botella de ron, el brindis, las cajitas. Un baro, mi socio. El violín canta la melodía conocida. Es *Sobre las olas*, el vals de Juventino Rosas, el mexicano. El virtuoso es un mulato de edad más que mediana. Lleva guayabera de mangas cortas, azul muy claro, impecable. El pantalón oscuro, los zapatos un poco gastados pero muy lustrados. Todo en él contrasta con el aspecto del resto de los músicos.

Antes tocaba con la Aragón y ahora le toco a los muertos. Bueno, a los vivos y a los muertos, que así es la cosa. Yo compuse el repertorio de los violines y ahora lo toca todo el mundo. Si no fuera por los muertos, por los santos, por toda esta gente que nos contrata. Porque el retiro no alcanza ni pa' papeles, como dice el dicho. Con la Aragón era otra cosa. Era la época de Rafael Lay y de Richard Egües. Lay ya dio su caída, que en paz descanse. Egües sigue viviendo de su música. El bodeguero se la cantó hasta Nat King Cole. Yo tengo mi creencia. Mis seres que me acompañan, que me alumbran. En cuanto me metí a tocar en esto, se fue el hambre de mi casa, mi hermano.

El de la guitarra toca su instrumento con suavidad. Pone unos acordes y parece que va a sonar un bolero, pero no. Es un negro delgado y alto. Lleva pull-over de marca y collares de colores. Mi guitarra, el feeling, esa es la onda que a mí me gusta. Yo, si tengo tiempo, toco algún fin de semana acompañando a Migdalia. Ella canta feeling, boleros de feeling. Es bastante buena y está buena. Bueno, a mí me gusta, pero ella no me ha dado un chance. Aunque yo sé que ese novio, como ella dice, es tremendo cacafuaca. Ese no da la talla. Se le ve. Migdalia canta algunas canciones de José Antonio Méndez. Yo se las monté. Ese sí que era el King. No si yo hasta le caía a cada rato por allá por el Saint John y él con su voz ronquita, suave, ponía lo suyo. Si me comprendieras, si me conocieras. Y yo atento, cogiéndole los acordes para ponérselos a Migdalia. Yo tengo mi santo, Obatalá hace diez años. Pero como dice mi padrino, hay que caminar por el Espiritismo. *Ikú lobi ocha*, sin muerto no hay santo. Enseguida que empecé a hacerle caso, a cumplir, tú sabes cómo es eso. Un vasito de agua por aquí, una florecita por allá. Y entonces Lorenzo, el que era violín de la Aragón que viene a buscarme pa' tocar en esta vuelta. En los cantos espirituales yo meto mis acordes de feeling, los acordes del King suenan aquí con tremenda onda. A Migdalia ya no la puedo seguir como antes. Ella sigue mareada cantando en las Casas de Cultura y esa descarga que no da nada.

La cantante, peinada con largas trencitas se sienta y se levanta como si los grandes glúteos no encontraran buen acomodo en la silla. ¡Ay mis muertos! ¡Todos mis muertos! Ahora aquí yo soy la cantante. Yo desde chiquita veía cosas, sentía escalofríos. A veces hasta me daba un patatús y había que mojarme la cara para que volviera en mí. La Curra, la comadre de mi mamá, le decía. Hay que desarrollarla, esta niña tiene un camino muy bonito. Es espiritista. Olvídate de otra cosa. Ya grande tuve que tocarle la puerta a Roberto, pedirle la caridad. Estaba sin trabajo, durmiendo en el suelo en casa de una amiga. Yo había venido de Guantánamo a trabajar de criada a casa de un pincho, un coronel de esos del ejército, un medio tiempo, un tipo fácil, la verdad y figúrate, al poco tiempo, ya estábamos. Una noche, la señora lo cogió que salía de mi cuarto. Ya tú sabes. ¡Candela! Roberto me desarrolló. Todos los jueves yo iba a su casa. Que sí una misa, que si un recogimiento. Ya cogía muerto. De buenas a primeras conseguí trabajo en el hospital de recepcionista. Vi los cielos abiertos. Luego vino lo de Gilberto. Eso sí que es amor, porque a mí me gusta cantidad. Me llevó a vivir con él a Los Pinos, una casita chiquita, pero estamos bien. Después comencé a cantar. Yo no quería dejar el hospital pero tuve que decidirme y aquí estoy. Ahora soy la cantante de los violines. Lo malo es que estoy siempre agitada. Gilberto es un poquito salío del plato. Le gusta tomar y como yo estoy tanto tiempo fuera. Es un sobresalto. Yo se lo pido a Juliana, esa negra conga que me ayuda tanto. Que vaya pie con pie con Gilberto. Que no le guste ninguna más que yo. A cada rato le doy su misa y hasta un violín le di con la gente de mi grupo y por todo lo alto.

Es un violín, un violín para los muertos, para los espíritus. La salita de la casa de la calle Ánimas está llena. El vals *Sobre las olas* acompaña la devoción de todos.

Los pies de la viejita se arrastran, avanzan, se alcanzan y se separan. El cuerpo gira lentamente hacia un lado, hacia el otro. La leve semisonrisa deja ver el intenso disfrute.

¿De Paso Franco? ¡No, hijo, no! Yo nací en Santiago de Cuba en el barrio de Los Hoyos, y siempre he vivido allí. Así que voy con la comparsa de Los Hoyos, esa es la mía y es la más famosa. Siempre estoy de buen humor porque me gusta bailar y olvidarme de lo malo, mi'jo. ¡Qué va! Yo pasé mucho trabajo. Crié seis muchachos, cuatro varones y dos hembras. Mi marido era bueno, que Dios lo tenga en la gloria, pero muy recto, muy exigente. A él había que cocinarle bien el macho, las ayacas, el ovejo, y era el que primero comía. Había que servirle y echarle fresco si hacía mucho calor. Después comíamos los demás. Cuando los muchachos se fueron, él siguió igual. Por eso cuando lo enterré juré que no iba a cocinar más pa' nadie. Se acabó la esclavitud de la cocina. Si vienen los carnavales, allá voy yo a arrollar detrás de la conga. No me importa que esté vieja. Yo me divierto igual. Si hay un bembé de sao, cualquier fiesta, una misa, allá voy yo que bastante trabajo he pasado. Ahora estoy de allá pa' cá. Voy para en casa de mi hija que vive en el Distrito. Una temporada en Palma Soriano, con mi hermana. Y la mayor parte del tiempo, aquí en La Habana con mi otra hija. Yo ayudo, pero, eso sí, de cocina, nada. Yo no cocino más. Yo sí tengo mi mediunidad y cumplo con los muertos. Creo y cumplo, pero me divierto. Aquí en estos violines que me encantan, en la conga de allá de Santiago, que es la más sabrosa. Se baila así, con el compañero detrás, cuidándote la retaguardia.

Pegada a la pared está la bóveda, una mesita baja. Vasos de agua, flores, tabacos, aguardiente y perfumes, para que todos se despojen. Una vela encendida. Todavía entran algunos rezagados. La cantante se aclara la voz con un trago de la botella de aguardiente que circula sobre las olas. La gente baila un poco. Sigue los pasos del vals. Luego decae. La tumbadora, como si quisiera animarlos, marca un gran giro. El tamborero deja caer la cabeza hacia atrás. Arremete, cambia. El toque se hace más intenso, más rápido. Ahora es a remar, a remar, a remar. Todos cantan. A remar, a remar, a remar. Es una rumba. Llevan el paso. Se agitan. A remar, a remar, a remar, la Virgen de Regla nos va a acompañar. Los rostros se animan. Los cuerpos siguen el ritmo, alegres. Todos al mismo tiempo. La tumbadora da un golpe seco. El violín y la guitarra callan. La cantante con el rostro ahora serio, se detiene frente a los vasos de agua, las flores y la vela que chisporrotea. Cierra los ojos y aspira. Marinero, marinero. El canto es suplicante. Marinero de altamar. Una plegaria. Préstame tu barquillita, para irme a navegar. Se miran unos a otros. El coro contesta. Marinero, marinero. No están solos. Si a tu puerta llega un ser, buscando la caridad, no se la niegues hermano, que Dios te la pagará.

Por la luz para ese espíritu oscuro que atrae malos presagios y no me deja dormir. Una misa robada en la Iglesia de La Merced. Por el regreso de ese hombre que ya no tengo en mi cama. Siete baños, siete días con siete perfumes diferentes. Por el dinero que falta. Cinco yemas y mucha miel. Porque se acabe la discordia en mi casa. Por el viajero que no llega. Por los que naufragaron. Por los que han muerto en el mar. Por los que se sumergen en la oscuridad y el terror. ¡Misericordia! Están viendo. Los seres están allí. Sombra furtiva, inaprensible, sonido, música, lamento, golpe seco de tambor, gemido de violín, el vacío de una mirada, el roce que sientes y nunca se produjo. El tamborero cierra los ojos y sus manos veloces atacan el parche. La salita es el mar, el reino de Yemayá y ella la sacude con sus siete sayas. Las paredes, el suelo, el techo, se inclinan hacia un lado como un barco vacilante. Yemayá tiene un pez de plata en una mano y la barca de todos en la otra. La cantante parece ascender sobre sus pies. La viejita gira y gira atraída por la luz de la bóveda. Los músicos han continuado tocando con los ojos cerrados. No hay día bajo el mar. No hay noche bajo el mar. El tamborero toca. Está sentado ante su tumbadora como en un trono. Es un rey. Yemayá agita la barca de los que quieren escapar por el mar. De los que temen. Ellos han perdido el rumbo. Van a la deriva. Maldicen la calma que no los lleva a ninguna parte. Luego suplican atemorizados por las olas enormes que les hacen tocar fondo. Un golpe seco, otra ola gigante y salen a flote.

El ritmo se hace más rápido de nuevo. Es la rumba. A remar, a remar, a remar. Los pies se sueltan. El baile es enérgico. A remar. Sube el tono. A remar. Algunos ya sonríen. Los cuerpos siguen gozosos el ritmo. Lo interpretan, lo recrean a cada instante. A remar, a remar, a remar, la Virgen del Cobre nos va a acompañar.

Allí está él. Al lado de la bóveda, Juventino, con su rostro aindiado, cetrino, cerrado, con el traje negro y la corbata bien anudada conque lo enterraron en el cementerio del pueblito costero. Todos se acercan, se inquietan, lo presienten, lo ven. Una silueta borrosa que se recorta a la luz de la vela. Un rostro, unos ojos en el agua de la copa del Espíritu Santo. Un leve estremecimiento que sube por la espalda, llega a la cabeza, se siente en las palmas de las manos vueltas hacia arriba. Otros casi parece que pudieran tocarlo así, pálido y presente. Ni de pie ni sentado, suspendido en el anhelo. Ni dormido ni despierto. Ni de ahora ni de hace siglos. Mirándonos desde ese remoto recodo del tiempo al que no podemos definir.

En la salita están ahora el cuarto del niño enfermo, el beso de la madre sobre la frente que arde y la india arrodillada junto a él murmurando una oración indefinible por su curación. El niño sentado ante su piano ascendiendo por las escalas interminables. El jardín con sus pájaros y sus flores. Ella y el beso, la sorpresa del amor y el desconsuelo de la despedida. El as de oro, el triunfo y el vals. La salita toda es el vals *Sobre las olas*. Él ha llegado acompañado de todos esos seres, de todos esos lugares y momentos. Al lado del tamborero, el niño. Junto a la silla de la cantante, el beso. A la derecha del violín, el amor. Al compás de los pasos de la viejita, el vals. Aquí está también el hombre embozado que lo persigue una y otra vez por una calle tortuosa y oscura en un sueño recurrente. Nunca ha podido ver su rostro. Nunca verá su rostro. Están las calaveras sobre las tumbas el Día de los muertos. Una carta fatal que llega a su puerta. El estupor. Un sobresalto. El mismo hombre embozado que lo persigue aún. Este hombre no lleva un cuchillo ni un revólver, no lo quiere matar, no lo va a matar. Es la muerte que se anuncia. Aquí está él en medio de todos. Esa palidez, esa mirada absorta delatan su soledad. La soledad del viento norte abatiendo la playa y el monumento con su nombre que los vecinos del pueblito le levantaron en aquella plaza fría y casi desnuda. Se dice que llegó allí después de un periplo azaroso y extraño. Al éxito delirante en todo México del vals *Carmen* dedicado a la esposa del Presidente Porfirio Díaz, le siguió una gira que lo llevó a Texas y luego a La Habana. Pero la adversidad y el dolor se mezclaron extrañamente con la gloria. La muerte de sus padres, un desengaño amoroso, la enfermedad, la tuberculosis. Tocó en Sancti Spiritus y en Guantánamo, pero sus músicos le iban dejando solo poco a poco. Nunca se supo por qué no llegó jamás a Santiago de Cuba donde lo esperaban. Ni por qué escogió este lugar. El desconcierto de la soledad repentina le trajo aquí, a este pueblo desconocido como en un presentimiento de descanso, de final. Dicen los que le vieron desembarcar de la goleta que lo trajo, que parecía ya un viejo en sus veintiséis años. Este pueblo se hizo conocido, Batabanó, un lugar en el mundo, sólo porque él vino a morir aquí. Sólo porque aquí bajó a la tierra. Sobre las olas. No son las olas del Danubio. No son las del Mediterráneo. Son las de este mar que lo devora todo con su salitre, lo enciende todo con sus azules en el día y lo oscurece o lo hace brillante bajo las estrellas cuando su sombra se detiene frente a la orilla.

Sobre las olas. Aquí ha sido invocado y aquí está. La viejita avanza hacia él llevada por el ritmo del vals *Sobre las olas*. Los pies se adelantan. El rostro plácido, concentrado, sorprende a todos. Le abren paso, se detienen. Ella sigue bailando *Sobre las olas*. La tumbadora también se detiene, cambia, ahora marca el ritmo del vals. El violín canta *Sobre las olas*. Ella baila. Cada paso de aquel vals la transforma. Su baile se hace ligero. Alguien siente el roce del tul más vaporoso allí donde sólo está su vestidito de algodón estrecho. Sus piernas con várices vuelan y ella gira como una bailarina vienesa. Se acerca a Juventino. Es la joven porfiriana, afrancesada a pesar de su piel muy morena, de sus ojos oscuros. Se acerca bailando. Es ella, en el rumor de la falda al dar una vuelta, en el olor intenso de una camelia prendida en el escote, en el murmullo de palabras ininteligibles que sólo él podría descifrar. Es ella. Juventino está aquí junto a la bóveda. Todos los anhelos, todos los sentimientos están fijos en él. Ahora es la esperanza. La cantante pide que la misericordia sea derramada. La muchacha baila. Tuvo que sufrir, orientarse, nacer y vencer todas las trampas del devenir, los mandatos ineludibles del morir y el vivir. Al fin ha hallado entre las tinieblas y el tiempo el camino hasta este lugar y estas gentes para que se realizara el misterio del reencuentro. Juventino está aquí, cumpliendo su extraño destino en la salita de los espíritus de la casa de la calle Ánimas. Pálido y vestido de negro. Sobre las olas.

Una y otra vez

No podía recordar el momento en que la atrapó la posibilidad de delimitar el espacio, de crear las formas más disímiles. Cuando era niña aquello la sorprendió, la fascinó. Pasaba horas y horas absorta en sus dibujos. Se entretenía observando con arrobo los objetos, las plantas. Las formas de las hojas, la disposición de los tallos, el color, las sombras y los efectos de la luz. Sólo de mirarlas, le alegraba saber que podría reproducirlas con la mayor exactitud, con un trazo.

Comprendió que podía expresar más de un propósito en aquellos dibujos, un sentimiento que todo aquello era capaz de infundirle. Convertía la mirada en pensamiento, el pensamiento en la forma que estaba allí frente a ella. Desde entonces el patio se había convertido en el lugar de sus secretos. Allí conoció el valor de la soledad. No sólo le gustaba contemplar y luego dibujar las plantas, observar la laboriosidad, la paciencia de las hormigas, sino tocar la tierra. Jugar con tierra, decía la madre, y con agua, con agua. Meter las manos en los pequeños charcos fangosos que dejaba la lluvia. Hacer resbalar los dedos por la superficie lisa y mojada del muro que separaba su patio del patio del vecino. Aquel contacto con el agua la hacía pensar, la llevaba a un mundo desconocido para ella que todavía era una niña, pero no por desconocido menos presentido.

En el patio de las formas también reinaban los sonidos y ella se entretenía en escuchar los de las hojas, los pequeños insectos, las hormigas, éstos eran los más leves, los que la obligaban a pegar a veces la oreja sobre la tierra. Pero también se escuchaban aquellos más estridentes, los que venían de la calzada, automóviles lejanos, carretones. Los que le llegaban del interior de la casa, de la cocina. Platos, cucharas, algunas risas, ciertos fragmentos de conversaciones. Jugaba a escucharlos todos a la vez o a detenerse en cada uno concentrando al máximo la atención. Como el leve ruido de las hormigas arrastrando los pequeños fragmentos de hojas secas, levantando la tierra, cavando sus túneles. A veces se hacía la sorda, jugaba a no escuchar ninguno de aquellos sonidos, a concentrarse en el ruido suave del carboncillo a cada trazo del dibujo. Y se quedaba allí.

Años después, cuando logró comenzar sus estudios en la Academia de San Alejandro, descubrió el modelado. El poder de la mano, de la mente sobre el barro. "Tan parecido al momento bíblico en que Dios hizo al hombre y por supuesto a la mujer", decía con sorna su profesor de modelado a los alumnos de primer año. Ella se embarraba como todos. Gozaba con la sorprendente aparición de un pie, de una mano. Sentía la sensualidad de aquella masa húmeda y dócil que se le pegaba en los dedos, haciéndole recordar los juegos de niña en el patio trasero. "¡No juegues con tierra!". Esto era algo así como jugar con tierra. Cuando terminaba la clase, sentía tener que cubrir su obra con la frazada húmeda que la protegería hasta el día siguiente.

Pero no sólo tenían la potestad de hacer, sino la de deshacer. El profesor criticaba, calificaba. Entonces llegaba el momento en que el pie, la mano, volvían a ser barro, lodo, fango. "Fango al fango", decía con ironía el maestro. De unos treinta años cumplidos, podía decirse que era un hombre simpático. Con agudeza iba revelando los secretos de la técnica a aquellos alumnos todavía adolescentes con la jovialidad de un prestidigitador. Ella comenzó a sentir una atracción que se fue transformando con el tiempo. Primero el deslumbramiento propio de la adolescente ante el influjo del maestro. Luego se impuso el atractivo del hombre que la sedujo. Él dudó en hacer realidad aquel amor de la muchacha que lo atraía más y más y que se convertía en mujer ante sus ojos. La pasión decidió al fin y sin proponérselo se sirvió de los recursos que le brindaba su mayor experiencia. Se hicieron amantes.

En las clases de pintura ella llegó a dominar el colorido, la alquimia de las combinaciones, las texturas más gruesas y empastadas de los óleos o la transparencia del agua cuando se mezcla con los tonos fríos. Pero al fin, fue el dibujo la especialidad escogida. Le bastaba confiarse a la finura del creyón que la conducía en línea segura hacia su objetivo.

Su determinación, su tenacidad con todo lo relacionado con su obra, le hicieron reconocer a él que ella era una verdadera artista. El talento, la sensibilidad y ese vivir con intensidad cada tema escogido le hacían trabajar como alucinada hasta terminar una serie de dibujos o a veces retomarla. Él se mantenía muy cerca de su obra pero hacía tiempo que no tenía mucho que aconsejarle. Había llegado el tiempo en que la mayoría de edad de la artista se había evidenciado en ella. Después de sus primeras obras, de sus primeras exposiciones personales, ella comenzó a sentir una curiosidad extrema por su cuerpo, por su rostro. Él notó enseguida el parecido con las imágenes de mujer que figuraban en sus últimas producciones. "No es narcisismo, no", decía ella riendo entre una taza y otra de té. "Casi no me había dado cuenta, pero ya que tú lo dices. Creo que es verdad". Unos días después él pudo contemplar un bellísimo dibujo. Era ella misma reflejándose, repitiéndose frente a un espejo. "Es increíble que lo hayas logrado sólo con el recurso de la línea. Pero te advierto, cuídate de los espejos, son objetos peligrosos. Nadie sabe a dónde te pueden llevar". Ella siguió trabajando en la introspección de la figura. "Por algo los musulmanes prohibieron por mucho tiempo la representación de la figura humana, por algo hubo un período iconoclasta en Bizancio, por algo unos indios de un lugar que no me acuerdo, se negaban a ser retratados. Decían que la foto les robaba el alma". "¡No exageres!". Las cartulinas de los próximos días resultaron realmente maravillosas.

Dibujos de gran tamaño en que aparecían su rostro, su cuerpo, en las más disímiles posturas y expresiones, con los más originales tocados y ropas, rodeada de motivos insólitos, otros cuadros, adornos. En uno de ellos un rostro como el suyo se mostraba repetido rodeando su cara, expresando diferentes estados de ánimo en un desconcertante contrapunto en que se contradecía y se complementaba al mismo tiempo. Pintura dentro de la pintura. De momento no podía identificar el origen de algunos ornamentos. Tal era el grado de elaboración artística que aquella mujer podía lograr.

Ella tomó las cartulinas y las fue colocando alrededor del cuarto. Todo el espacio de las paredes quedó cubierto por aquellos dibujos. Él sintió un poco de vértigo. Eran los ojos. El centro dominante de aquellos rostros iguales pero diferentes. Sus ojos. "Como Frida", dijo él. El cuarto se había transformado bajo el poder de aquellas imágenes. Él contempló los dibujos, giró lentamente. Los ojos parecían mirarle, seguirle desde todas partes. "Es un truco viejo, algo de perspectiva". Ella rió.

Siguió dibujando su cuerpo, su rostro, sus ojos. Se sentía un poco inquieta y quería agotar el tema. Cada nuevo dibujo la llevaba más lejos en el descubrimiento de una sensibilidad hasta entonces desconocida. El espejo era el instrumento peligroso donde se empezaron a reflejar no ya su imagen, sino sus propios sentimientos. La superficie azogada le devolvía una expresión inesperada de dolor, de temor, de simple curiosidad. Se remontaba a instantes ya perdidos y volvía a sentir el miedo a las sombras bailando en la semioscuridad de su cuarto cuando niña. Regresaban la curiosidad por los aromas y las formas de las plantas del patio o el misterio en que la habían abandonado los ojos del padre y de la madre cuando le negaban una respuesta. La dejaban sola con sus dibujos sin sospechar el peligro a que la exponían. Los caminos inescrutables que se cruzan con la imaginación. Aparecía un rostro adusto, otro muy joven o muy viejo que no podía reconocer como suyo, pero que tampoco podía rechazar como ajeno. Se asomaba al espejo y todos aquellos rostros y sentimientos se agolpaban de manera más y más vertiginosa. Pero los ojos no. Los ojos eran siempre los mismos. Sus ojos.

Una noche soñó con un río en una tierra extraña. Estaba descalza y miraba con sus ojos como asombrados hacia la otra orilla de aquel río lento y demasiado caudaloso, un río como jamás ella había visto. Cuando despertó tuvo la extraña sensación de que había regresado. Aquella certeza no la abandonó en los próximos días. Despertaba y no siempre le era posible recordar sus sueños. Tenía preguntas y regresaba de aquellos sueños con algunas respuestas que no llegaban a ser hasta que no se plasmaban en el dibujo.

A ella le gustaba la lluvia, el olor de la lluvia, del polvo sobre el asfalto, del vapor que sube del asfalto, de la calle. Siente todavía un leve estremecimiento y no sabe si es la humedad de la brisa o las sensaciones que le dejaron en la piel el contacto con esa otra piel. Mira el cuerpo oscuro del hombre dormido, abandonado en su sueño. Por el rostro ladeado ahora sobre la almohada pasan quizá pensamientos que ella no puede reconocer. Los labios entreabiertos, los párpados que se mueven rápidos, lentos, que se aquietan según la intensidad de los sueños. Ella mira el sexo del hombre en reposo, recogido, inocente. No parece que sólo un momento antes hubiera sido capaz de crecerse y remontarse dentro de ella. No parece que a veces pudiera despertarse por sí solo, ajeno al cuerpo a que pertenece. Sólo con un débil roce de los dedos, el calor del aliento, el toque suave de la lengua sobre el glande.

Desde que supo lo de aquella mujer, el embarazo, el viaje planeado a sus espaldas, las cosas cambiaron. A pesar de sus explicaciones y protestas, aquella traición estaba presente entre ellos como una tercera persona intrusa que los incomodaba. Hacía ya tiempo que había descubierto en él los celos. Cada éxito de ella, la misma plenitud y el frenesí que lograba sentir en la creación a él le eran ajenos. Sintió envidia. Desde sus años de estudiante había dominado excelentemente la técnica. Siempre estuvo entre los mejores. Se establecía una competencia entre los amigos. El que más dibujaba, el que mejor modelaba. Pero el arte no era un deporte. No era una carrera. Aún con los años le era difícil encontrar un tema, apasionarse por él, sentir la necesidad de expresarse. Sus esculturas, aunque perfectas, parecían frías.

Ella se asomó al borde del muro de la azotea que da a la calle. La lluvia reciente había dejado un hálito de humedad en el aire. El brillo del agua cubría la calle y las aceras. Hasta ella subía el chasquido característico que producían las ruedas de los autos sobre el asfalto mojado. A lo lejos el Malecón, el mar. Abajo, la gente que entraba y salía del puesto de viandas o de la bodega de la esquina. Algunos se tapaban torpemente con pedazos de nylon o con hojas de periódicos viejos. La visión de aquella gente la devolvía a la realidad. Había estado pintando, dibujando todos aquellos días casi sin parar, como en un sueño. Así sucedía desde que comenzaron los conflictos con su amante. Cada día se alejaban más. Hacía tres días que no aparecía por la azotea y ella sabía perfectamente dónde estaba. Lo odió. Sintió deseos de patearlo, de arañarlo, de sacarle los ojos y en este momento seguramente lo hubiera hecho si él hubiera tenido la idea de aparecerse por allí. Ya todo debió haber terminado hacía bastante tiempo. Aquello no tenía sentido para ninguno de los dos. La rivalidad había hecho surgir en él la agresividad, la necesidad de herirla, de consolarse con aquella otra aventura. Una mujer que no era capaz de disminuir su valor. Con ella era distinto, al principio fue su maestro, su primer amor, su amante. Pero ahora la había perdido como mujer. Había crecido. Sólo la costumbre explicaba aquellas recaídas frecuentes en las últimas semanas. Se odió a sí misma por haberlo aceptado en su propia cama hacía sólo tres días, por la escena de celos que no le había quitado sin embargo el deseo de crear. Por eso se entregaba de esa manera al trabajo. Con el misterio añadido de los sueños recientes, con la curiosidad por los enigmas que no había podido descifrar. Con el temor y la duda y el afán y la pasión por seguir y seguir en el frenesí de la creación. Aunque no podía explicarlo, su intuición le decía que aquella obsesión por el trabajo tenía algo que ver con los extraños sueños, presentía el peligro, pero no podía parar. Dibujando, pintando, era capaz de llegar hasta aquel lugar remoto que ni ella misma podría precisar y del cual regresaba, regresaba, esa era la sensación que la embargaba. Regresar, esa era la palabra clave, regresar.

Su padrino se apareció una tarde en la azotea con mil excusas, despreocupado y no muy dispuesto. No, él no imaginaba los sueños, aquella turbulencia en que se hallaba sumida. Una sensación tan inquietante como atrayente. La certeza de estar al borde del peligro, de lo inesperado. No podía ya parar, se adentraba más y más en el misterio. No estaba sola, le acompañaban todos aquellos cuerpos y caras y ojos que salían de sus manos siempre al regresar.

El padrino hizo volar sus manos sobre la cabeza y la cubrió con todo lo blanco para alejar aquella inquietud que él suponía la consecuencia de la separación de los amantes. Interrogó al coco y las respuestas de Obi fueron tan ambiguas como las interpretaciones que él se aventuró a adelantar y que ella no quiso aclarar de momento. Calló. Quedó tranquila. Quedó sola.

Tuvo un extraño sueño. Observaba todos los detalles de un rito desconocido. El tiempo se alargaba de una manera inexorable y se detuvo. Los árboles, las hojas, el paisaje inmóvil y el aire detenido hacían que el tiempo fuera imposible de ser percibido en su realidad inmanente. La luz asomaba fija entre las hojas como si el sol se hubiera inmovilizado. Ella se sentía sobrecogida entre los raros objetos de aquel culto evidentemente sagrado pero desconocido. Se resistía, trataba de salir de aquel bosque inimaginable, inmóvil. De pronto se sintió atrapada en una jícara de barro y su cuerpo y su espíritu trataron de resistirse a aquel encierro aterrador. Quería liberarse ahora de la vasija de barro que la contenía. Salir de aquella cárcel, de aquella reclusión más terrible todavía que el tiempo detenido. Al despertar, la angustia se prolongó unos instantes. La claridad del amanecer comenzó a inundar lentamente la habitación. Se apaciguó poco a poco ante la vista de los objetos familiares del cuarto. La cómoda, la silla y el sillón con la ropa colgada que se había quitado la noche anterior, su propio cuerpo allí en la cama. Se incorporó y se dejó caer en la almohada sudorosa, todavía con el estupor del sueño reciente. Dejó caer la cabeza sobre la almohada. Cerró los ojos.

Sólo unos días más tarde, se vio de nuevo descalza y triste mirando hacia la otra orilla de aquel río enorme con los ojos como asombrados. Entonces supo que esta vez no habría regreso. Quedó atrapada en el enigma del tiempo. Para siempre. En la repetición que no podemos evitar. Reconoció aquella historia que era la suya. La historia de la muchacha recién casada que vivió una vez en la choza nueva, la más alejada de la aldea. La muchacha de los ojos como asombrados que mira al río. Por sus pies ligeros, por sus piernas fuertes y la gracia de sus brazos. Por su boca bien abultada, sus pechos y su vientre que guarda la promesa de muchos hijos, el pretendiente tuvo que entregarle a su padre una vaca y una gran bolsa de piel de gacela teñida con índigo y repleta de cauris. Ahora ella duerme en la casa de su esposo, se refugia por las noches en los brazos de aquel guerrero fuerte y decidido. Como él no deja ni una sola noche de tenerla. Como la ha hecho vibrar desde entonces cada noche con la ternura y la fuerza de su amor. Como no escatimó un instante en entregarle la dote al padre ni en llevársela para su aldea después de la boda, la muchacha de los ojos como asombrados confió en él.

Ella va todos los días al río. Es feliz, por eso se inclina sobre las aguas y contempla su rostro sonriente cuando las ondas se apaciguan. A veces las aguas le devuelven otros rostros inquietantes que le hacen apartar la mirada de sus ojos como asombrados. Cuando descubrió el secreto, regresó esa tarde temblorosa y asustada del río, casi no podía hablar. Esa noche cuando su marido se echó junto a ella en la estera, le contó lo que había visto y sentido. Confiaba en él. El hombre la acunó, la calmó poco a poco envolviéndola en la marea intensa de su deseo.

Pero el marido tuvo miedo del padre de la muchacha. Él ya sabía. El rumor de la aparición del pez maravilloso había corrido de boca en boca a ambos lados del río. Los sacerdotes ya habían interrogado a los dioses y a los espíritus y él lo tenía allí, en su propia choza. En la tinaja de su mujer. Fue a decírselo todo al padre de la muchacha. El marido temió el designio de los dioses. El castigo a la desobediencia. El padre de la muchacha no dudó, como no había dudado en entregarla al guerrero el día de la boda. El marido se haría jefe a cambio de la vida de su mujer. No, ella no lo habría traicionado.

Supo enseguida de qué se trataba. Vio en los ojos del esposo la traición. Él no quería mirarla directamente. Supo que él la entregaría precisamente por el cuidado que ponía en los últimos días en aparentar que todo continuaba igual. Lo confirmaba cada día en la manera de tomarla, en la forma de apartar los ojos de los suyos. Tuvo miedo. En aquel momento sintió la necesidad de escapar de lo que seguramente sería la muerte. Iba a ser sacrificada y ella lo sabía, estaba segura de ello. El dolor por la traición del esposo al principio la mantuvo cabizbaja. Luego el miedo se hizo mayor, un miedo terrible. Tuvo la certeza de que él lo había notado. Más tarde llegaron la rabia, el deseo de vengarse. Y siempre el miedo, la desesperación y el miedo de nuevo, siempre.

Una tarde, la Muerte se presentó junto al río, vestida de blanco. Ella la reconoció enseguida. La voz grave y ronca de aquella mujer sin edad y de ojos fijos le advirtió de que no había escapatoria. "No tengas miedo", le dijo, para sólo lograr que ella se aterrorizara más aún. Volvió a su casa. Clamó, lloró, conjuró, llamó a los espíritus de sus antepasados. Invocó a los poderes de la tierra y del cielo. Sólo quería salvarse. Interrogó al oráculo, apeló a los secretos de las mujeres de su estirpe. Probó desesperada con sahumerios, con lenguas de animales, recurrió a toda clase de ritos para ahuyentar a la mujer de blanco que cada día aparecía a la orilla del río. La Muerte se detenía distante, no se acercaba, sólo se dejaba ver furtivamente entre los arbustos. A veces ella pensaba que no estaba allí, que era una visión, pero no, era una advertencia.

Una noche, una muchacha apareció en su sueño. Era su igual, pero había algo en ella, una serenidad, una indiferencia que no podía descifrar. Se miró en aquella muchacha y se reconoció a sí misma. Tenía su misma cara, sus mismos ojos como asombrados y su mismo vestido. Cuando la miró, cuando comenzó a hablarle, notó que sus gestos, su voz, se repetían exactamente en la otra. La muchacha hablaba con una voz muy parecida a la de ella, pero un poco distorsionada. Los gestos, la cara, la mirada. Todo se repetía entre las dos, eran su reflejo. Aquella muchacha igual a ella no era la Muerte sino su muerte, la suya. La que le faltaba conocer para poder perder el miedo. Reconoció su voz. Las palabras que salían lentas de aquella boca eran como un eco de las suyas. Su propia muerte trató de apaciguarla primero y ella no podía dejar de abrir la boca cuando ella hablaba, no podía dejar de repetir sus gestos como en un espejo. Todo sucedía muy lento entre las dos y tuvo la sensación de que su propia muerte abría la boca, movía los labios un poco antes de que aquella voz que también era la suya, se escuchara. Su propia muerte comenzó entonces a seducirla con promesas de inmortalidad. Sería una diosa. Dejaría este mundo de vidas perecederas para instalarse en otro infinito donde el tiempo no llevaba inexorablemente al fin. Esta existencia de todos que mientras más se alargaba más corta se iba haciendo con su obligatorio o inevitable signo de final. Sería una diosa. Le sería posible estar al mismo tiempo en todas partes, renacer, revivir en el rito cada vez, para siempre. Vivir, revivir en el poder de los sacerdotes y la adoración de los hombres. Dudó. Aquellas palabras resonaron en su cabeza y sintió el vértigo de la gloria. Dudó. Volvió el miedo. Dudó. No sabía si estaba conforme o no con esa clase de inmortalidad. Añoró el amor, el placer y la promesa aún no cumplida de los hijos por venir. La Muerte permaneció a la orilla del río mirándola con sus ojos quietos. Su propia muerte, la suya, siguió hablándole y le tocó la frente con una mano cálida y vibrante. "Cuando se conoce a la propia muerte ya no hay miedo", le dijo.

El sacerdote se hace cargo de la ceremonia. Prepara el recinto, el altar, los atributos sagrados. Traza con yeso las marcas que cuentan la historia, el mito, que traen el mensaje de los antepasados. Canta. Prepara el sahumerio. Canta. Purifica, despoja el cuarto de malas influencias. Canta. Prepara el agua lustral. Canta. Obra según los designios de los dioses. Hace correr la sangre para que todo sea. Y la muchacha de los ojos como asombrados se convierte en eco. Sus pies ligeros, sus piernas fuertes, el color intensamente negro de su rostro, la ternura, el deseo que encendía cada noche su cuerpo, el brillo de sus ojos como asombrados desaparecieron para hacerse voz y voz y voz. El sacerdote concluyó la ceremonia y los hombres de las dos orillas del río tuvieron su misterio y su júbilo. Desde entonces, de tiempo en tiempo, el sacerdote tiene que preparar la ceremonia de nuevo. El sacerdote debe ser siempre otro y el mismo. Sus ayudantes convirtieron sus nombres en vibración, voz, eco, trueno, golpe, tambor. El sacerdote tiene que seguir una vez más los designios de los dioses, porque la muchacha de los ojos como asombrados estará aquí siempre para hacerse voz. Una y otra vez, mujer y voz, misterio y voz. Para siempre. Una y otra vez. Por el resto de los tiempos. Una y otra vez.

El Senador

"Teresa está bien. Los niños están bien", dijo un día sorpresivamente Paula, mirándole a los ojos. El padre no podía creer lo que había escuchado. "Están bien", repitió Paula con una expresión en el rostro que a él le pareció cómplice.

Ya había amanecido y la claridad se filtraba a través de las cortinas del cuarto. Esa luz hacía que todo pareciera más alegre, a pesar del vaho a medicamentos y a alcohol alcanforado. El Senador se imaginó saliendo de la casa de la calzada de la Reina, dispuesto y arrogante, dándole al chofer la orden de llevarlo a Guanabacoa. Pero le sorprendieron una vez más el dolor del costado y la imposibilidad de moverse en la cama sin ayuda. Todavía húmeda la sábana del sudor de la noche. Todavía inmóvil el brazo derecho, demasiado pesado y los dedos de la mano crispados como el que trata de agarrar algo sin lograrlo.

Filomena entró en el cuarto con las toallas y la palangana. Acomodó las toallas en el regazo del enfermo sentado en la cama. Aseguró la espalda con almohadones, protegió el pecho con una de las toallas. "¿Cómo te sientes?". "Bien". El sonido le subió a los labios con dificultad. Abandonó el intento de seguir hablando. Aquella era una de las peores secuelas de la embolia que lo abatió sorpresivamente un mes antes. Filomena comenzó a rasurar la barba entrecana. Manejaba la navaja con destreza, con paciencia, haciendo caso omiso de la incomodidad de su marido. Alta y un poco gruesa ahora en sus cincuenta años, todavía conservaba una elegancia que ella sabía acentuar a base de corsets y buenas telas. Era una mulata oscura de ojos enormes y boca un poco abultada. Había estudiado canto. Poseía por ello conocimientos de italiano y dominaba bastante bien el inglés aprendido durante siete años de exilio en Nueva York, con su familia. Cantando en uno de los actos que organizaba La Liga en favor de la causa cubana, conoció al que luego sería su esposo. El padre de Filomena aprobó el noviazgo y el matrimonio de su hija con aquel joven elegante y ambicioso. Tan parecido a él cuando todavía no había llegado a ser el dueño de una prestigiosa funeraria en Santa Clara. Filomena le gustó a su novio desde que la vio por primera vez. Pero si no hubiera sido la hija de su padre, no se hubiera casado con ella. Ahora se la veía un poco más delgada, ojerosa. Las preocupaciones y las malas noches habían dejado su huella en aquellos días. Cuando se enteró de la realidad de la gravedad de su marido sintió miedo, dolor, incertidumbre. Lloró, lloró como hacía tiempo que no lo hacía, acostumbrada a mantener el control de sus emociones. Luego los trabajos y el cuidado del enfermo la sumieron en una nueva rutina. Comprendió que era posible conservar los deseos de alimentarse, de vivir. Supo que era preciso fingir ante el enfermo y tuvo fuerzas para hacerlo. De día, trataba de entretenerlo y entretenerse con un parloteo que no podía tener respuesta. Recordaba los tragos amargos que había tenido que soportar para preservar su matrimonio. Las queridas, las juergas, las mentiras y esta verdad peor que todo. Teresa y sus hijos a los que no podía borrar, ni disminuir, ni olvidar. Presentes como si estuvieran allí mismo en aquel cuarto.

La enfermedad había sumido al Senador de pronto en la vejez. Los tiempos en que entraba y salía de su oficina, en que participaba en las campañas políticas, en los debates del Senado, vestido elegantemente de puro hilo blanco en verano, de casimir oscuro en invierno, le parecieron demasiado lejanos. Su forma de caminar, la energía de sus gestos, las sesiones de trabajo hasta altas horas, las visitas a ciertas casas, no delataban jamás ante sus allegados su verdadera edad. Siempre dispuesto a gozar del placer, a emprender la batalla por alcanzar el lugar ambicionado, por conservarlo a toda costa. Permanecía atento a cada detalle de su habitación. El puntal alto, las paredes encaladas y los muebles de caoba oscura, barnizados, formaban el mobiliario del aposento matrimonial, ahora el cuarto del enfermo. En el respaldo de la cama el rostro enigmático de una Madonna inclinándose tierno sobre el niño. Dos lámparas de bronce bruñido, traídas de Barcelona, sobre las mesitas de noche. Filomena dejaba una de ellas encendida.

Un pañuelo fino de encaje amarillo servía para tamizar la luz. El dibujo delicado se proyectaba en el techo. En la semioscuridad el rostro de la Madonna, reflejado en el espejo del vestidor, le hacía presagiar lo inevitable. Los ruidos de la calle le llegaban con nitidez. Antes, sus ocupaciones, la premura de su vida, no le dejaban reparar en ciertas cosas. Ahora había aprendido a distinguir el fragor de las ruedas pesadas de los carretones, los gritos de los lecheros y los carboneros arreando las vacas y las mulas antes del amanecer. Penetraban en la ciudad todavía oscura, por la calzada de la Reina. Se internaban por la calle Lealtad para ofrecer la leche y el carbón a la puerta de las casas. Con la claridad de la mañana sentía el trote ligero de los coches de caballos. Imaginaba a los pasajeros apresurados y a los cocheros diligentes en el pescante. Más tarde, hacia el mediodía, el murmullo de los transeúntes llenaba los portales de la calzada hasta bien entrada la noche. Y todo el día los pregones de los vendedores con sus timbres de voz diferentes, sus melodías y sus lemas característicos. Sólo se iba apaciguando el ruido muy tarde. En la madrugada se escuchaban los pasos de algún noctámbulo, quizá con unos tragos de más, o el trote de un coche rezagado.

El ruido atronador de las chavetas chocaba con insistencia sobre las mesas de trabajo. Aquel sonido fuerte y estridente al mismo tiempo invadió el salón de los torcedores de la fábrica de tabacos. Era lector. Había intentado leer una proclama. Balbucear apenas una explicación. No le dejaron. ¡Fuera!, los gritos se unieron a las chavetas que no cesaban de percutir con violencia. ¡Fuera! ¡Fuera! Tuvo que salir casi corriendo del local. Los obreros de Tampa preparaban una importante huelga. Ciertos argumentos conciliatorios y el intento de lectura de aquella proclama vinieron a corroborar la sospecha de que era un traidor. Los separatistas ricos le habían dado dinero e instrucciones. Debía leer aquella proclama contra la huelga. Tratar de confundir la conciencia de clase de aquella gente con una pretendida unidad entre cubanos pobres y ricos. Un pasaje para Venezuela, cartas de recomendación para vivir y trabajar en aquel país y luego, la oportunidad de estudiar la carrera de Derecho, fueron su recompensa. Se convirtió en un afamado orador y periodista. De regreso a Cuba no tuvo reparos en poner su pluma al servicio de España, del Partido Autonomista. Esto le abrió muchas puertas. Veía muy lejana e improbable una nueva contienda independentista. El estallido de la guerra le sorprendió aún en las filas del autonomismo. Los que le conocían no se asombraron de su alzamiento tardío cuando ya era inminente la derrota española. A pesar de todo tenía amigos influyentes, era un profesional y un hombre de color. Desde el primer momento, por ser universitario le confirieron el grado de oficial. Nunca estuvo en lugares de verdadero peligro. Nunca entró en combate. Todo el tiempo se ocupó de papeles, de ciertos archivos. Nada más.

Muchas veces se detuvo a contemplar esta casa, su casa. Quizá no era la más grande o la más presuntuosa de la calzada, pero la delicadeza del diseño florecido, las ojivas en puertas y ventanas, resultaban muy atrayentes. Situada en la misma esquina, parecía estar allí para que la descubrieran, la admiraran, la desearan. Dos balcones rematando las terrazas sobre las columnas del portal de la calzada de la Reina. Otro, asomado a la calle Lealtad dando luz y aire a la habitación del Senador. Los tres blancos bajo el sol implacable y concebidos en el más exquisito art noveau. Las líneas curvas, la sensualidad del encuentro entre hojas y flores inimaginables les daban una apariencia de encaje. A ciertas horas, el Senador se entretenía contemplando las sombras, las formas que el entramado del balcón dibujaba sobre el piso, casi a la entrada del cuarto. Esta casa era el lugar a la medida de sus ambiciones. Comidas, fiestas con las mejores orquestas, visitas importantes eran el símbolo de los nuevos tiempos, de su triunfo político. Era senador, no podía aspirar a menos.

"¿Qué te parece? Tenemos un senador negro". Se detuvo un instante en su ascenso por la escalera de mármol. Pudo escuchar perfectamente aquellas palabras que se referían a él, distinguir con claridad la voz del que había pronunciado la frase. Se trataba de uno de sus correligionarios del Partido Conservador, uno de los que más había apoyado su candidatura. El que le tiraba el brazo sobre los hombros en los actos políticos. Lo habían estado esperando en el salón de su casa. Continuó su ascenso con lentitud pero con firmeza. "Hace falta", contestó el interlocutor. "Necesitamos los votos de esos negros". El Senador terminó de subir la escalera. Los dos hombres se acercaron sonrientes y lo abrazaron. "¡Felicitaciones!" dijo el primero. "La votación fue abrumadora", agregó el segundo palmeando la espalda del Senador. Tuvo la certeza de que habían escuchado sus pasos. Habían hablado en alta voz con toda intención, para que él lo oyera.

"Ya estás mejor", le dijo su hija Paula acercándose a la cama. "Pronto estarás bien del todo". El Senador movió la cabeza asintiendo sin convicción. El labio superior dejó al descubierto los dientes en lo que no pudo llegar a ser una sonrisa. Paula era su única hija y se le parecía bastante a la madre. La tez más clara, la del padre. Desde chica era seria, aplicada y era la mayor admiradora de su padre. Había dejado los estudios de música por los de pintura. Se apasionó por las posibilidades expresivas de las formas, la sensualidad germinativa del barro haciendo surgir de las manos lo inesperado, la precisión del dibujo delimitando el espacio y el descubrimiento del dominio siempre sorprendente del color y la luz. Experimentaba y eso la hacía feliz. Hubo que convencer a la madre, que consideraba más adecuado para una señorita el estudio del piano al que la había dedicado desde muy pequeña. A Paula le agradaba la música pero no quiso continuar. La madre lamentó que no tuviera condiciones para el canto."La mayoría de los que estudian allí son hombres", protestó cuando al fin se decidió a comenzar estudios en la Academia de San Alejandro. El Senador apoyó a Paula. La muchacha pronto dio muestras de talento y comenzó a decorar algunas paredes con bajorrelieves clásicos, estudios de principiante. Luego bodegones para el comedor. Al poco tiempo, el padre mostraba con orgullo los paisajes de la Quinta de Los Molinos que la muchacha le había traído como un tesoro y que ahora adornaban su despacho. Cuando supo lo de Teresa, Paula lloró mucho. No podía contener la rabia y los celos de aquella prima que le disputaba el amor de hija única. Tuvo suficiente valor para ocultárselo por mucho tiempo a Filomena. Ahora que ya su madre lo sabía todo, esquivaba cualquier intento de abordar el tema. Su padre estaba muy enfermo, moribundo seguramente. "Te quiero mucho. Te quiero tanto...", era capaz de decir una y otra vez cuando trataba de animarlo, cuando le obligaba a aceptar cada cucharada de comida.

Filomena lo atendía con paciencia. Con la embolia había llegado para ella toda la verdad sobre Teresa. Su marido le había puesto casa en Guanabacoa y Teresa había parido gemelos, dos niños. No podía perdonar el engaño. Con otras sí, pero con Teresa. Cuando lo miraba enfermo y abatido sentía compasión, pero no lograba apartar el sentimiento, el deseo, el derecho de la venganza.

Paula trató de animarlo. "¡Arriba, vamos!", le ayudó a trasladarse de la cama al sillón de caoba y rejillas. Colocó la almohada pequeña a la altura de la nuca y la movió una y otra vez hasta que sintió que la cabeza del padre se acomodaba. Tomó el brazo inmóvil con sumo cuidado y lo hizo descansar encima de las rodillas macilentas. Había perdido mucho peso. Arrastró el sillón hasta la puerta del balcón. La luz y los ruidos de la calle llegaron con mayor nitidez. El aire fresco disipó el ambiente enrarecido por las pócimas. La esposa y la hija podían pensar que él estaba en un limbo, pero no era así. El recuerdo de las últimas sesiones del Senado en las que se había aprobado aquella ley redactada por él, no lo abandonaba. Había sido el recurso para poner punto final al debate sobre las razas, pero no al problema. A pesar de su aparente firmeza durante las discusiones, de los votos a favor, sintió miedo. Podía ocurrir lo peor, era casi inminente por los agravios acumulados y la agitación que ya se sentía en ciertos sectores. "Quien se atreva a reclamar sus derechos estará fuera de la ley". Surgía el recuerdo del asesinato del viejo general sólo cuatro años atrás. "Hechos así podrían repetirse con seguridad en el futuro". "Todo el mundo sabe que ellos no pudieron defenderse. Los despedazaron". "El que a hierro mata a hierro muere", se atrevieron a comentar algunos, refiriéndose a la actitud del viejo general con los prisioneros enemigos durante la guerra. Le había visto por última vez en su despacho. Venía vestido pulcramente pero con polainas y traje de campaña. Se había hecho anunciar y él lo recibió enseguida. De baja estatura, el rostro era agreste y oscuro. Los ojos pequeños, de mirada penetrante, como de águila. Del cuerpo enjuto, emanaba una energía inusitada para su edad que le venía de la dura vida de campaña en los largos años de las dos guerras. Le invitó a sentarse y le ofreció un tabaco. El viejo general hizo girar el puro entre el índice y el pulgar al tiempo que lo miraba no sin cierta desconfianza. El Senador acercó el encendedor y el general lo rechazó con un gesto. Guardó el tabaco en el bolsillo de su guerrera. Había sido humillado por el Presidente de la República. "Pa' pelear duro, pa' ganar batallas a punta e' machete. Pa' hacer que ese Presidente se pueda sentar ahí donde está. Entonces sí...". Hablaba de manera pausada, pero firme, con esa entonación característica de Santiago de Cuba, su tierra. "Yo peleaba y arrastraba conmigo toa' la negrá'. En la guerra tenían que respetarme como general. Ahora en la paz no soy más que un negro". El Senador no se atrevió a refutar al viejo general, temeroso de que sus palabras se tornaran más y más duras. No quería aumentar la exaltación de aquel hombre que tenía delante. "El Presidente tendrá que encontrarle solución", dijo en tono conciliatorio. El viejo general sonrió con visible ironía. Aquella sonrisa inusual en él lo inquietó profundamente. "¡Eso no se queda así!", fueron sus últimas palabras. No quiso recibir a la viuda, una mulata achinada, hermosa y todavía joven que le había dado dos hijos al bravo guerrero. Herida por la muerte reciente de su marido. Llena de temor por la suerte de sus hijos y por la suya propia había acudido a él buscando justicia y protección. Tuvieron que sacarla casi a rastras de la antesala del despacho. El Senador escuchó cuando se la llevaban. Ella tuvo fuerzas para patear la puerta dos veces y gritar "¡Cobarde, cobarde, cobarde!".

Filomena lo había aseado y Paula lo trasladó al sillón con mucho más esfuerzo que antes. Estaba mucho más débil. Sólo tres días atrás, mientras descansaba en el sillón, había perdido el conocimiento. Otra embolia, diagnosticó el médico moviendo la cabeza con pesar. Ya no hablaba, ya no hablaría más. Los ojos quedaban inmóviles por momentos. Le era imposible cerrarlos con naturalidad. A veces se le llenaban de lágrimas y el líquido corría por la comisura de los labios, mientras que el rostro permanecía indiferente, incapaz de reflejar sus sentimientos.

Se enfrascaba en largas meditaciones sobre personas y cosas, hechos y lugares cercanos o distantes en el espacio o en el tiempo. Le venían a la mente sucesos, momentos, conversaciones sostenidas en las más impredecibles circunstancias. Sensaciones dolorosas o placenteras. Recuerdos. De pronto aparecía algo, alguien muy entrañable o sorprendentemente poco importante. Se preguntaba, ¿qué hace esto o éste aquí? ¿Por qué lo recuerdo? ¿Por qué? Su mudez lo había sumido en una especie de soledad. Era como si su atención se volviera hacia otra zona de su mente que no hubiera tenido tiempo de explorar cuando se comunicaba con los demás. Últimamente se le estaban olvidando los nombres. Recordaba perfectamente la cara de alguien, su relación familiar o amistosa, su historia completa, pero el nombre no. Esa persona aparecía sonriente o seria, en un trance amable o difícil. Pero el nombre no, tenía todo el tiempo del mundo para recordar cuando estaba despierto. Para soñar si dormido. No podía recordar el nombre de aquella vecina de la calle Cuarteles que vendía tortillas en la Plaza del Ángel durante las ferias de San Rafael. Una mulata alta. Era costurera, pero en los días de la feria colocaba sus tableros en la plaza para vender las tortillas. Todavía recuerda el halo de maledicencia que rodeaba a aquellas vendedoras. Algunos muchachos del barrio se atrevían a gritarles ¡tortilleras! Recibían castigos de sus mayores por gritar en público lo que sin duda habían escuchado en sus propias casas, aun sin entender exactamente que se trataba de lesbianas. Estelita, Julita, Clarita, no, no, pero es algo así. Aprendió a llegar a los nombres repitiendo los más impensados hasta que al fin aparecía. ¡Isabelita! Era la mejor amiga de su madre. Se acercaban las fiestas de San Rafael y ella entraba y salía de la casa hablando en voz alta y riendo. Había logrado entusiasmar a María Eulalia. Ya se construían los quioscos donde se venderían bebidas, comestibles y hasta se instalaban mesas de juego. Isabelita había ganado un poco de dinero cociendo los trajes que algunas vecinas del barrio lucirían durante la feria y la misa en la Iglesia del Ángel. Su madre parecía animada, hasta había consentido en estrenar ella también un vestido confeccionado por Isabelita. Esa noche estaba cambiada. Con aquella bata adornada con tiras bordadas y pasamanerías lucía radiante. El niño que aún era él, la vio por primera vez realmente joven, llena de una alegría que él no le había conocido. Isabelita había visitado la iglesia y escuchado una novena todos aquellos días que precedieron a las fiestas de San Rafael. Pero en su casa, en un rincón de su cuarto, bajo la imagen del santo médico, estaba la jícara donde vivía Inle, adornada con cintas verdes y amarillas, siempre con azucenas frescas y naranjos para propiciar el favor del oricha. Aquel ser extraño se le aparecía en sueños y acercaba su cara a la de la mujer. Su rostro de rasgos demasiado suaves que contrastaban con su mirada de un brillo acerado. Ella se agitaba, trataba de escuchar, de entender las palabras que no podían salir de la boca entreabierta del niño. Inle no tiene lengua. Ella podía sentir la humedad del musgo, la frialdad del agua estancada. Trataba de abrazar el cuerpo frágil, casi de niño, casi de niña, pero se le escapaba con la inapresable ligereza de un pez. Entonces se despertaba. Lo invocaba, le pedía protección, salud. La víspera de San Rafael, ya casi al filo de las doce, el bullicio de la feria no le había dejado dormir. De pronto se escucharon los estallidos de los fuegos artificiales. Corrió a la ventana descalzo y se quedó contemplando las figuras resultantes de todos los colores. Se transfiguraban en el cielo en formas sucesivas, flores, estrellas concéntricas, deslumbrantes, para luego caer por todas partes encendiendo el firmamento y la plaza con los balcones adornados con manteles de Manila y la gente agolpada frente a la iglesia. A las doce, el gran pez hecho de paja que colgaba en medio de la plaza comenzó a arder y los aplausos y los gritos de todos subieron y se mezclaron con los estallidos de los cohetes, el chisporreteo de la paja ardiendo y las estrellas descendiendo desde el cielo. Isabelita y su madre habían entrado en la salita. La mulata llevaba una botella de vino en la mano y las dos un brillo en los ojos que él nunca había percibido antes, la risa de su madre, las carcajadas, le sorprendieron. Venían abrazadas y ninguna de las dos pretendió deshacer aquel abrazo cuando se percataron de su presencia de pie y descalzo junto a la ventana. Un vaho de humedad invadió por un momento el ambiente. "¡Inle!", exclamó Isabelita sin soltar la cintura de su amiga, mientras el pez de paja se consumía en medio de la plaza. No había querido recordar antes aquel momento. No había querido aceptar el significado de aquella escena. Después de tantos años admitió sin asombro y sin escándalo, la verdadera naturaleza de las relaciones de aquella mujer con su madre. Una vez sucedió algo insólito en la trama de los olvidos, de los fallos de su memoria. Apareció un nombre, María Andreu, un nombre sin rostro. Pasó días enteros sin poder recordar quién era María Andreu. Una idea vaga, una imagen difusa que de ninguna manera se parecía a los singulares rasgos de un rostro. No acertaba a encontrar la posible procedencia de aquella mujer, de aquel nombre. De qué lugar, de qué época de su vida. Con quién o quiénes estaba relacionada. No podía poner en práctica el recurso de pensar en nombres y nombres. No era posible imaginar rostros, identidades. Mientras más repetía en su mente el nombre, María Andreu, más familiar le parecía y en algunos momentos creyó estar a punto de llegar a ella, pero no. Probó relacionarla con su madre, con su infancia. Luego con personas amigas de la época del exilio, de Nueva York, de Venezuela. No podía preguntar y no aparecía en los recovecos del recuerdo. Aquella María Andreu se convirtió en algo intangible y al mismo tiempo muy cercano por su familiaridad, por la sensación, casi la certeza de estar a punto de configurarse en una imagen, un rostro conocido. Muchas veces, entretuvo su silencio en tratar de hallar recursos para recordar a María Andreu. Los puso en práctica. La mayor sorpresa para él fue que no lo consiguió. No llegó a saber quién era María Andreu en todo un día, ni en otro, ni en otro, nunca.

Su madre era africana legítima. La habían traído a Cuba con sólo diez años, apenas recordaba las circunstancias y no tenía ningún lazo familiar aquí. Fue a parar a Matanzas, a una casa de gente de dinero. Allí aprendió las labores domésticas y algo de costura y repostería. El señor Arrastría reparó en ella cuando sólo tenía catorce años. Le sobaba los senos incipientes cuando la sorprendía sola en el cuarto de costura. Le soplaba su deseo en la oreja pequeña. Aventuraba las manos bajo la falda. Una noche, se echó sobre ella en el jergón que le servía de cama junto al cuarto de costura. Así lo soportaba, llena de repulsión y rencor por aquel hombre que la tomaba sin consideraciones y que la mantenía entre el temor a él y el terror al castigo que sobrevendría sobre ella de cualquier manera. Antes de que el embarazo fuera notado, él la sacó de la casa. Simuló ante su mujer la necesidad de vender a María Eulalia por una apremiante situación de deudas. La señora no lo creyó, sospechó y calló. El amo la instaló en la finca de un amigo, en Cidra, cerca de Limonar. Allí nació el niño. A los dos años la llevó a vivir a La Habana. A una casita de la calle Cuarteles. Ella se dedicó a hacer dulces caseros que le daba a vender a un pregonero. El niño creció, pudo ir a la escuela. Ambos se sostenían gracias a los esfuerzos de la madre y a la ayuda subrepticia del señor Arrastría. María Eulalia no tuvo otro hombre, o al menos su hijo no le conoció ninguno. Se convirtió en una mujer atractiva, de cara redondeada y ojos grandes y expresivos, ni alta ni baja, con una dentadura blanca y una sonrisa amable pero distante. Había en ella algo de misterio. Los que la conocían sólo lograban identificar a la madre esforzada, siempre diligente en sus quehaceres, siempre tratando de sacar adelante lo mejor posible a su único hijo. Todavía pequeño le preguntó varias veces a María Eulalia por su padre, ¿dónde estaba? Ella se ponía muy seria, al principio no decía nada. Un día, para dar por terminada la cuestión le dijo que había muerto antes de su nacimiento. Había sido un mulato, por eso él tenía la piel tan clara. Por eso vivían solos. El niño se irritaba cuando le decían, "Ahí va el hijo de la conguita". Se encolerizaba a tal punto que llegó a pelearse a golpes con algunos por esa razón. La madre lo acunaba y el niño adquirió la costumbre de acariciar el rostro oscuro y amoroso. Con los dedos recorría una y otra vez las tres marcas que atravesaban la mejilla. Ella cantaba y él se adormecía con la cabeza muy pegada al pecho de María Eulalia, sentía su olor, su respiración, el murmullo de aquel canto sin palabras. El niño avanzaba mucho en la escuela. El señor Medina, maestro mulato de gran prestigio, convenció a la madre. Debía continuar los estudios. "Sería una lástima desperdiciar su talento en un oficio cualquiera". El señor Arrastría hizo en el lapso de diez o doce años tres o cuatro visitas breves e intempestivas. Un apoderado en La Habana se encargaba de entregarle a María Eulalia una modesta mesada y de preguntarle si necesitaba algo en especial. Ella nunca pidió nada más. Se preguntaba qué relación podía tener con su madre aquel hombre blanco, ya mayor y elegante que llegaba siempre en carruaje. Y luego mantenía con ella una breve y grave charla de la que él nunca pudo escuchar una palabra. Cuando ya se despedía, María Eulalia lo llamaba para que el señor viera cuánto había crecido. Luego hacía referencia a sus progresos en los estudios. El señor Arrastría asentía con la cabeza, siempre serio, sin una sonrisa. Examinaba a aquel mulatico que llevaba su sangre. Miraba a María Eulalia y suspiraba aliviado en sus remordimientos al ver que ella lo criaba decentemente. Pasó mucho tiempo y el señor Arrastría no apareció más por la casita de la calle Cuarteles. Una tarde, al regresar de la escuela, su madre lo hizo sentarse de improviso en la mesita del comedor. Le informó que aquel señor había muerto hacía unos días. Le comunicó la noticia sin mostrar la menor emoción y así la recibió él. De cualquier manera, su madre jamás mencionaba a aquel señor salvo en las espaciadas ocasiones de sus visitas. Sin embargo, se sorprendió mucho y se sintió conmocionado y confundido cuando a continuación le explicó quién era aquel señor Arrastría. "Ya casi eres un hombre y es hora de que lo sepas".

De noche, en el insomnio intermitente del dolor físico y las molestias de su lecho de enfermo, en la penumbra de su cuarto, aparecía ella, su madre muerta ya hacía años, durante su estancia en el exilio. La percibía con la mayor nitidez y reciedumbre. La veía sentada en el sillón, junto a la cama, y se sobresaltaba. Sabía que soñaba. Se dirigía a ella pero algo le impedía hablarle y no era la reciente mudez de sus vigilias. Bañado en sudor se despertaba y en el sillón estaba Paula, su hija, o Filomena, su esposa, dormitando. Y él no sabía si sentir alivio o dolor por la pérdida de aquella madre, a la que había dejado en su soledad. Había sido egoísta, sí. Cuando la lloró, lloraba más por sí mismo que por ella. Viéndola así, en sueños, junto a su cama, comprendió que nunca había aceptado su muerte. Él no la vio enferma, en cama, no la vio muerta. Pasaron muchos años para que pudiera visitar el lugar donde fue enterrada, una pequeña bóveda cubierta de zarzas y rodeada de una modesta baranda de hierro. No pudo casi creer lo que allí decía. Dejó flores y no volvió. No, para él, ella no estaba allí, no era cierta aquella inscripción. Ahora aparecía más a menudo que antes. Sentada en el sillón, velándolo. Venía joven y fuerte, vestida de blanco, como ella acostumbraba. Llegaba de la casita de la calle Cuarteles, siempre de allí. A veces él era un joven, otras un hombre maduro o como ahora un enfermo, un moribundo que no podía hablar. Pero más frecuentemente, era aquel niño. Ella lo acunaba y él le acariciaba el rostro. Ella cantaba. Sentía el susurro de aquel canto, siempre el mismo. Sentía el amor de aquella mujer, el latido de su corazón y el canto, el canto sin palabras, el canto hasta quedarse dormido.

Teresa reía muy alto por cualquier cosa. Filomena a veces la regañaba, trataba de refinar a esa sobrina suya hija de su único hermano. La madre de Teresa había muerto bastante joven y Filomena quiso hacerse cargo de la muchachita de catorce años, la menor de tres hermanas. La hizo venir de Santa Clara. Serviría de compañera para Paula, entonces de trece. Cuando llegó a la casa de la calzada de la Reina se deslumbró. No sabía que los de su clase podían llegar a vivir así. Prieta, gordita y aniñada, la cara redonda de su madre y los ojos enormes de la tía. Teresa y Paula sólo se habían visto pocas veces durante los viajes de la familia a Santa Clara. Paula la recibió de buena gana y enseguida se entendieron. Paula porque tenía la oportunidad de enseñarle a la prima los tesoros y recovecos de la casa que a Teresa le parecía enorme. Tenían un cuarto para las dos en que Filomena las dejaba mucho tiempo solas, el suficiente para que intimaran. Aunque había vivido en un ambiente más libre que su prima, Teresa no la trataba como a una niña y esto a Paula le gustó desde el principio. Teresa hablaba del campo, de las costumbres de los animales, sabía montar a caballo. Traía consigo todo aquello que fascinaba a Paula pero también un dolor. Lo sentía en las miradas de conmiseración que Filomena no podía evitar a veces cuando se dirigía a su sobrina. Y a pesar de la risa de Teresa, a pesar de su silencio cuando Paula quería saber cómo había sido, cómo había encontrado a su madre moribunda, empapada en su propia sangre. Un mal parto, decía Filomena comentando con sus amigas. A las dos Filomena les hablaba de manera no demasiado clara sobre los peligros insondables del sexo. Ya habían visto su sangre menstrual y los senos se destacaban rotundos bajo las blusas. Filomena extremaba sus consejos sobre la forma de sentarse, de inclinarse, de caminar. El arte del recato que ella decía de buena educación. El peligro de la cercanía extrema a los hombres, de un desliz, un mal paso. Todas las conversaciones sobre el tema se resolvían en historias trágicas y edificantes que terminaban en una preñez sin matrimonio, en la ignominia y a veces en la muerte. A Paula le gustaba y le asustaba al mismo tiempo la forma en que Teresa se burlaba de todo esto. Se quitaba las enaguas y tenía el descaro de mirarse desnuda a pleno día en la luna del espejo del vestidor. Paula se quedaba arrobada ante la visión del cuerpo bello y oscuro, ante la sonrisa maliciosa de la prima. Ella no se hubiera atrevido a descubrirse de esa manera ni siquiera ante sí misma. "Si viene mamá…" le decía temblando, pero sin poder apartar la vista de la prima. "No seas tonta, cuando te cases esto y más deberás enseñar. No seas tonta", decía Teresa apartándose del vestidor y dejándose caer en la cama tal como estaba, sin intención alguna de cubrirse. Al filo de los diecisiete, Teresa espigó y comenzó a llamar la atención incluso al Senador que nunca había reparado mucho en ella. Teresa, sin embargo, lo admiraba y lo temía al mismo tiempo. La risa, las conversaciones en voz alta, se cortaban bruscamente en sus labios si el Senador entraba en la habitación. En la mesa no se atrevía a mirarlo de frente. Comenzó a vestirse con más cuidado. Se preocupaba por el peinado, por estirar el pelo muy rizo. Filomena lo atribuyó a la edad o quizá a alguno de los muchos pretendientes que visitaban la casa. Las niñas comenzaban a asistir a algunos bailes. En la casa se celebraban los cumpleaños y se recibían visitas en general por cualquier motivo. Así apareció Julián. Era un muchacho joven, de unos veinte años y muy serio. A Teresa le pareció desde el primer momento muy bien parecido. De piel no muy oscura, delgado y bastante alto, llevaba gafas y escribía en uno que otro periódico de los que por aquella época se ocupaban de los asuntos más importantes que apremiaban a la clase de color. Sus ideas eran completamente diferentes a las del Senador, pero nunca se atrevió a conversar con el influyente político de estos temas, no en su propia casa y mucho menos cuando pretendía llegar a algo serio con la sobrina. A Filomena le agradaba la idea de un noviazgo y hasta una boda con Julián. Ella veía en él un muchacho estudioso que seguramente llegaría lejos en la vida. Además, era de buena familia. Julián comenzó a escribirle a Teresa. Se aventuró con un soneto que a ella le impresionó muchísimo. Se lo contó todo a Paula, que simpatizaba también con Julián. Filomena no dijo nada directamente. Trataba a Julián con la mayor deferencia y éste comenzó a ser visita habitual por invitación de la señora de la casa. En cuanto a Teresa cada día la instaba a ser amable con aquel pretendiente que a ella le parecía de lo mejor, Teresa dijo sí. Fue en una pequeña nota que le pasó a Julián en una de sus visitas. Aprovechó un instante en que la tía los dejó solos. "Podías haber hablado" dijo Julián visiblemente emocionado. "No me atreví, además, ya estaba escrita", replicó Teresa con una sonrisa que prometía la gloria.

Bailando, observando cómo bailaba la descubrió el Senador. Notó su sensualidad, la forma de revelar en sus ojos, en la boca entreabierta el placer de la danza. La cintura, ahora fina y cimbreante, las caderas, los muslos que se adelantaban y se dejaban modelar suavemente bajo la seda de la falda, le hicieron adivinarla aquella noche. Teresa se estremecía ante un acorde del piano en el danzón. Se abanicaba sonriente, fingiendo recato en las pausas. Ofreciéndose a Julián cuando bailaba con él. Observada con impaciencia por el joven cuando, por cortesía, aceptaba bailar alguna pieza con otro de los invitados. A la hora del ponche, Teresa departía con todos. A pesar de las correcciones de Filomena, al Senador le hacían gracia ahora, su forma de abrir los ojos, de marcar cada palabra con un movimiento de los hombros y luego dejar caer la cabeza hacia atrás riendo demasiado alto. Desde aquella noche comenzó a verla de un modo diferente. Teresa le llevaba el café al despacho. El Senador la observaba de aquella nueva manera y la muchacha intuyó las secretas intenciones del tío político. Ella nunca había sospechado siquiera algo así. Una tarde, en que se las ingeniara para ser ella quien le llevara el café al Senador, se sorprendió a sí misma demorándose, calculando con malicia el efecto que su presencia ocasionaba en aquel hombre maduro y todavía atractivo. Él miraba y admiraba el rostro expresivo y las formas ondulantes bajo la ligera bata de casa. Cuando se disponía a abandonar el despacho para llevarse la taza de café vacía, el

Senador la observaba. Teresa le daba la espalda y antes de echar a andar se enderezaba. Ella creía que se enderezaba pero no era así. El fondillo sobresalía. Los hombros iban hacia atrás y la espalda dibujaba un arco. El cuello se erguía recto, sosteniendo la cabeza un poco inclinada. Entonces comenzaba a caminar con pasos cortos, moviendo rítmicamente los glúteos muy a su pesar. Una tarde se atrevió a tomarle la mano, ella se dejó y él no tuvo piedad de la frialdad de aquellos dedos y la repentina disfonía de la voz que delataron la emoción de la muchacha. "Tú sabes que me gustas, niña, lo sabes y me haces sufrir", dijo, mientras ella retiraba la mano y se alejaba rápidamente con una intención que prometía mucho y demostraba poco enojo. Desde aquel día se encontraron a menudo en el despacho. Se enlazaban en abrazos furtivos en que él sopesaba los senos, los muslos, aquel cuerpo hermoso e incitante que se le ofrecía sin entregarse, temblando ella por el deseo recién descubierto, los dos, por el temor a ser sorprendidos.

Estaba como en las nubes y no era capaz de ponerse a reflexionar siquiera en el alcance de todo aquello. Filomena le hablaba de Julián. Ya casi eran novios oficiales y Teresa lo recibía con la misma sonrisa de siempre. Ahora, Filomena los dejaba solos en la terraza y Julián la besaba con recato. Ella gozaba de este placer tan diferente a los arrebatos del Senador. No veía nada malo en ello. Filomena hablaba con entusiasmo de boda. "¿Se puede amar a dos personas al mismo tiempo?", preguntó un día a Paula que se quedó muy sorprendida. "¿De qué estás hablando? ...¿Estás loca?" "¡Se puede!", exclamó Teresa riendo, "¡Se puede!". "¡Estás loca!" replicó Paula con toda convicción.

Una noche, la primera, Teresa se atrevió a abandonar la casa. Todos creían que el Senador estaba en provincias. Dieron las doce y Paula dormía tranquilamente en su cama al lado de la de Teresa. Se aventuró por los pasillos, descalza. Llevaba las chinelas en una mano y un mantón de Manila sobre la bata de dormir. Bajó con cuidado las escaleras que daban al zaguán, a la puerta de la calle. Lo más difícil, dar vuelta al pestillo grande sin hacer ruido. Se detuvo, respiró y abrió. Salió a la acera.

La puerta quedó junta, parecía cerrada. Caminó los pocos pasos que la separaban del coche. La portezuela se abrió y ella subió. Se abrazaron al tiempo que el coche partía. Debajo de la bata de dormir el Senador sólo encontró el cuerpo que se le ofrecía oscuro y espléndido. Teresa se echó a reír y él la hizo callar con la avidez de sus besos. Los senos redondos, de pezones muy negros, el vientre, los muslos, pudo tener todo aquello que tanto le había incitado aquella noche en el baile, que tanto había deseado en las tardes del despacho. Ella sintió un placer desconocido e intenso cuando le ofreció los senos. La penetró y la cabeza cayó hacia atrás, los ojos entrecerrados, la respiración jadeante por la premura del descubrimiento del placer que se esparció en oleadas concéntricas por su vientre y se localizó en su sexo. Todo su ser quedó entonces pendiente de aquella sensación. Los latidos se hicieron cada vez más fuertes, cada vez más rápidos. Se rindió y el cuerpo todo se precipitó en el abismo inesperado del primer orgasmo. El ritmo del amor se acompasaba con los movimientos del coche en aquella carrera de madrugada. Se repitieron otras noches como aquella y los amantes ya no pensaban en ser descubiertos, sino en gozar de aquellos momentos. El Senador se sintió rejuvenecer en los brazos de aquella mujer que le pedía más y más. Teresa regresaba a su cama en puntillas, temblando aún con el estremecimiento del último orgasmo. Cada vez era más difícil disimular delante de todos. Difícil esperar algunos días hasta que llegara la oportunidad de un nuevo encuentro. No quiere, no le es posible arrepentirse de Teresa. A veces le parece advertir el reproche en Filomena. En la manera de recalcar una frase banal. En el gesto impaciente conque retira una almohada. Pero no, no puede, no le es posible arrepentirse de Teresa.

"Dos varones", se ufanaba el Senador. "Los niños se parecen como una gota de agua a otra gota de agua", decía el doctor Ulacia cada vez que visitaba la casa de Guanabacoa. Sanos, bastantes traviesos, a la propia Teresa le era difícil distinguirlos a veces. Alfonso era más propenso al llanto, a la cólera cuando no conseguía enseguida lo que quería, lloraba de rabia. Armando era dócil, se recostaba a menudo en el regazo de la madre. Alfonso en cuanto lo veía, lo imitaba. En ocasiones, celoso, lo empujaba para ocupar su lugar. Teresa los acogía a los dos y sonreía.

Al principio, sólo porque él la miraba, sólo porque él la deseaba se sentía segura. La forma de agradecerle una taza de café o de disfrutar el almuerzo que ella preparaba personalmente para él, la hacían sentirse única. Así reaccionaba a cada caricia, a la gloria de pasar toda una noche juntos. Pero pronto comenzó a sufrir las desventajas de su situación. Nada de visitas familiares. Sus hermanas, bien casadas en Santa Clara, no querían saber de ella. Los amigos, habituales de la casa de la calzada de la Reina, donde se reunía lo mejor de la sociedad negra de La Habana, conocían de aquel escándalo, pero no se atrevían a comentarlo en voz alta. Nunca sabía cuándo él tendría algún tiempo para ella. Languidecía cuando él no estaba. Una criada para todo, regalos, perfumes, trajes que sólo lucía para él. Encerrada en su cuarto, mientras los niños dormían se vestía, se pintaba y peinaba con esmero y bailaba sola tarareando danzones que conocía muy bien. Se entretenía improvisando conversaciones imaginarias. Cambiando de ropa, de peinado, de maquillaje, para engañar al tiempo, al aburrimiento. Comenzando una y otra vez. Pensaba en Paula, en la casa, en Filomena y en sus hermanas y amigas. En paseos y, a veces sin mucho remordimiento en Julián, el novio, el novio ideal. Pensaba en el Senador, en que quizá estuviera con otras. Ella no había sido la primera. Muchas veces escuchó a su tía vanagloriarse de su paciencia de esposa abnegada, capaz de disimilar las aventuras del Senador con tal de preservar la paz del hogar. Ni siquiera el cuidado y la alegría de los niños lograban apaciguar completamente la zozobra de la espera. Sus frustradas noches de amor se convertían en amaneceres de inesperada intimidad cuando él aparecía en la mañana, en siestas precipitadas, en tardes que terminaban a las siete, con la caída del sol, en noches de despedidas abruptas a las nueve o las diez, cuando ya había abrigado la esperanza de que amaneciera junto a ella. A veces se lo imaginaba en una fiesta en una de esas casas de mal vivir. Pero no quería reprocharle, no quería abrumarlo o aburrirlo. Ella no era una esposa, lo sabía. No tenía con quién compartir su desazón y todo ello le parecía injusto. El embarazo fue lo que obligó al Senador a tomar la decisión de ponerle casa. Él había tenido muchas aventuras, pero se había cuidado siempre de un compromiso como éste. Ella, por su parte, no había tenido tiempo de pensar en las consecuencias. Nunca se preguntó qué clase de vida le esperaba junto a aquel hombre. "No me busquen. Estoy bien, Teresa", fue la nota escueta que dejó sobre el vestidor cuando salió de la casa de la calzada de la Reina. Ahora se preguntaba si podría soportar esta vida para siempre. Ya casi estaba terminando sus estudios de magisterio. Entre sus planes estaban una boda con Julián, un aula llena de niños y muchas fiestas, muchos amigos. Ahora todo aquello se había visto reducido a él. A este amante que sólo poseía a medias, a sus hijos. El Senador la trataba como a una niña. Nunca le contaba sus cosas ni se interesaba por las de ella. Hasta Teresa llegaron las noticias de todas aquellas detenciones. De Santa Clara, de Sagua, de La Habana, de todas partes. Temió por Julián. "Si los negros no defendemos las conquistas de nuestros derechos los partidos que se turnan en el poder no lo harán". Le había dicho una noche en que se atrevió a enseñarle un número de *Previsión* el periódico de Los Independientes de Color. "Pero mi tío…" "Tu tío no nos representa, no nos va a representar nunca, es el ejemplo que necesitan los blancos. El negro educado y triunfador. Él sólo busca su beneficio personal". El ambiente era de miedo, de zozobra. Hasta ella llegaron también comentarios sobre la responsabilidad del Senador. Cada vez se hacían más graves las conversaciones del Senador con el doctor Ulacia, el incondicional Ulacia. "Es un atropello", le oyó decir a la criada llorosa, aterrada por la suerte de uno de sus hermanos detenido en la propia Guanabacoa, pero no quiso seguir hablando a pesar de la insistencia de Teresa. "No es nada, no es nada" repitió alejándose hacia el fondo de la casa para continuar con sus quehaceres, esquivando la mirada inquisitiva de Teresa, la mujer, la querida del Senador después de todo. "No tienes problemas. No tienes por qué preocuparte", decía él en tono protector cuando ella se atrevía a preguntar por todos aquellos acontecimientos que la inquietaban. "No te preocupes", ordenaba él entonces si ella insistía. La pasión, defendida ciegamente, fue dando paso a un sentimiento que cada vez se parecía más al remordimiento, a la culpa. Ya casi se arrepentía, pero todos los lazos se habían roto. No había marcha atrás. La enfermedad repentina del Senador había interrumpido sin esperanzas el hilo de sus relaciones. Le había temido al aburrimiento, al olvido, a otras mujeres. Había imaginado los posibles caminos del abandono, pero nunca pensó en la enfermedad, en la muerte. Sólo sabía de él por el médico y ahora por Paula. Le había escrito una primera nota suplicante sin esperar respuesta. Paula se mostró comprensiva, generosa, cómplice de su padre, más allá de lo que hubiera esperado. Tuvo noticias del segundo ataque, de la imposibilidad de una mejoría, de la proximidad del final. Comenzó a temer por ella, por sus hijos. Todo dependía de él y ya casi no estaba. Él había puesto la casa de Guanabacoa a nombre de Teresa. Había reconocido a los niños. Esto la consolaba. Pero, ¿cómo vivir en lo adelante?

"Teresa vendrá hoy, ¿me oyes? Traerá a los niños y podrás verlos. Podrán verte". A la hora convenida, Paula acercó el sillón al balcón que daba a la calzada de la Reina. Teresa estaba allí, en el portal de la acera de enfrente. Los niños estaban con ella. "Allí está Teresa. ¿No la reconoces?". El rostro del enfermo permaneció impasible. Los niños estaban inquietos. Teresa lo había visto ya. Contemplaba a aquel hombre, el padre de sus hijos. Ahora repentinamente desmejorado, envejecido. La casa donde había vivido en familia tanto tiempo, de donde había salido abruptamente dejando atrás tantas cosas. Sacó un pañuelo pequeño de su bolso y lo pasó por la mejilla. No lloraba. Los niños tiraban de la falda de su vestido blanco. El ojo del Senador se nubló, se llenó de lágrimas. "¿La había visto?", se preguntó Paula para sí, pero no dijo nada. Teresa se perdió por la calle Lealtad con los dos niños. Paula enjugó la lágrima con el pañuelo de su padre.

Critical Essay

Inés María Martiatu and Her Stories: A Critical Assessment
Tànit Fernández de la Reguera Tayà

Over the Waves and Other Stories is a significant and long-awaited work of contemporary Cuban fiction, and an indispensable milestone in literature about Afro-Cuba written by women. With it, the writer and theater critic from Havana, Inés María Martiatu Terry, invites us to enter into the imaginary of the Caribbean, into the flow of a metarhythm that is at once discursive, off-centered, feminine, and aquatic. The text acts as a scenario for collective memory and ritual performance. In this collection of nine short stories, the author's interest in treating historical, cultural, and sociological aspects of people of African descent (re)situates the participation of black and mulatto women in the formation of Caribbean culture and the Cuban nation.[1] Martiatu is well aware that a stereotypical image of blacks continues to exist, and yet there are few writers who have written or can write on this subject.[2] *Over the Waves and Other Stories* confronts these challenges from the island.

Martiatu's self-affirmation as a black author calls for a broadening of Cuba's official national culture, from which—as Vera M. Kutzinksi already stated more than a decade ago[3]—

---

1 Martiatu feels committed to a literary tradition of black and *mulata* authors who are still largely unknown due to their lack of publication both locally and internationally. For this reason, she is currently working on an anthology of fiction written by Afro-Cuban women, which goes back to the earliest documented sources about Cuban women and emphasizes those women who founded the magazine *Minerva* after the abolition of slavery in 1886 (Inés María Martiatu, personal communication, October 5, 2006).

2 Inés María Martiatu, personal communication, June 25, 2006.

3 "It appears that, at least in Cuba, women in general and nonwhite women in particular have had no standing as self-conscious subjects in the national discourses on culture, of which *mestizaje* is one of the most pervasive. There are, of course, exceptions, but how many published nonwhite women writers are in today's Cuba in addition to Nancy Morejón? How many were there before her?" Vera Kutzinski, *Sugar's Secrets:*

Afro-Cuban women authors continue to be excluded, even in more recent women's anthologies. In this sense, Martiatu is no exception, unlike Nancy Morejón (who, incidentally, was also ignored for many years). Even though four of these stories have been previously published, this new book will appear for the first time outside Cuba. [4] Nevertheless, Martiatu is one of the few Cuban women of African origin to write prose, along with Excilia Saldaña and Teresa Cárdenas, and the only one to write on such a wide range of subjects. *Over the Waves and Other stories* is a fundamental work in Afro-Cuban fiction, as it offers for the first time an alternative cultural and identitary discourse on topics that are essential to blacks, and to black women in particular. The richness and complexity of the collection is due as much to Martiatu's ancestral memory and personal experience as to her unique intellectual background in theater research and the Afro-Cuban cultural essay.

Having emerged as a critic during the difficult "gray quinquennium of Cuban culture" of the 1960s and '70s, Martiatu's theater studies have transformed her into one of the principal ideologists of Afro-Cuban thought, having always broached the risky subject of racial discrimination. [5] This issue of discrimination is thought to call into question the very idea of Cuba as a unified nation today, and yet Martiatu has continued to address this subject along with a new generation of young thinkers such

---

Race and the Erotics of Cuban Nationalism (Charlottesville: University of Virginia Press, 1993) 16.

4 In 1993, the publisher Editorial Letras Cubanas made a modest publication of a collection of Martiatu's stories due to the crisis brought on by the Periodo Especial. The book included "Something Good and Interesting"(the title of the collection), "The Re Is Green," "A Subtle and Electric Sensation," and "Follow Me!" The first story unanimously won the *Premio de cuento de tema femenino* awarded by the Colegio de México and Casa de las Américas in 1990, and was supposed to be published in the magazine *Casa,* but it was not to be, probably because the topic of interracial relations was too bold for its time (Inés María Martiatu, personal communication, June 25, 2006).

5 On March 21, 2007, she received recognition as a member of the group Color Cubano of the Unión Nacional de Escritores y Artistas Cubanos and an opponent of discrimination Against discrimination. March 21 is celebrated worldwide as the Day of Struggle against Racial Discrimination.

as Alberto Abreu, Roberto Zurbano, Carmen González, and Sandra Álvarez, as well as musicians involved in the hip hop movement.[6]

Martiatu studied music at the Conservatorio Municipal de La Habana, and at sixteen began to publish articles in cultural criticism with her good friend, the filmmaker Sara Gómez Yera. She began her academic education during the first years of the victorious socialist revolution, at a time when the Republic was struggling to confront the problem of racial discrimination. As Alejandro de la Fuente has explained, the political changes also required a cultural change in which indigenous forms of popular expression could be extolled and recovered. This position led to greater recognition of the national culture's African roots.[7] The Teatro Nacional de Cuba and its Seminario de Etnología y Folklore are examples of institutions that were created for this purpose. Martiatu studied at the latter institution along with such researchers as Argeliers León, Manuel Moreno Fraginals, and María Teresa Linares. During this period, she shared classes and formed friendships with the critics, writers, and playwrights who would later become the protagonists of the new Afro-Cuban movement—negrismo or afronegrismo—which had emerged in the 1920s and experienced its second most productive period in the 1960s: Miguel Barnet, Alberto Pedro Díaz, Rogelio Martínez Furé, Sara Gómez, Pedro Deschamps Chapeaux, Nancy Morejón, Georgina Herrera, Exilia Saldaña, Manuel Granados, Eugenio Hernández Espinosa, Gerardo Fulleda, Tomás González, and others.[8]

The impetus of the new Cuban play-writing scene around the Teatro Nacional was diminished by the conflictive period of

---

6 Inés María Martiatu, interview by Tànit Fernández de la Reguera, Havana, November 21, 2005.

7 Alejandro de la Fuente, *A Nation for All: Race, Inequality, and Politics in Twentieth-Century Cuba* (Chapel Hill: University of North Carolina Press, 2001) 285–96.

8 Martiatu, interview.

the "parameters."[9] Martiatu recalls little-known aspects of the "gray quinquennium": "Apart from religious and sexual orientation, the treatment of subjects referring to Afro-Cuban culture was questioned, and the debate on prejudice, racism, and racial discrimination, which have intensified in contemporary Cuban society, was postponed. All of us Afro-Cuban intellectuals suffer from silence, censorship, and a lack of publication."[10] The clearest cases of discrimination involved Rogelio Martínez Furé and Nancy Morejón, in addition to many others from the Afro-Cuban movement.[11] Indirectly, Martiatu was one of those adversely affected for her convictions and for her personal and professional ties, much like Sara Gómez who was honored recently.[12] The black movement — in strict dialogue with the militants of "Black Power" living on the island (De la Fuente, 300–301) — also contradicted the revolution's integrationist ideal. In fact, the historian Tomás Fernández Robaina considers that this black vanguard arose in order to counteract the inefficiency of the revolutionary project in the study of black culture.[13]

Without abandoning her intellectual pursuits, Martiatu worked as an assistant editor at the Instituto Cubano del Arte e Industria Cinematográficos for eight years, wrote for radio while she raised her three children, earned a degree in history, and even spent a few years working as a historical researcher

---

9 Martiatu explains that the "gray quinquennium of Cuban culture" ended with this process around 1974: "'The famous parameters' were established to question the suitability of those who had jobs and careers in the education and culture sectors. For this reason, several talented people were separated from the Cuban theater movement, including some who had worked on these and other subjects." Inés María Martiatu, "El negro: Imagen y presencia en el teatro cubano contemporáneo," in "De las dos orillas: Teatro cubano," ed. Heidrun Adler Adrián Herr, *Iberoamericana* 5 (1999).

10 Martiatu, interview.

11 For more information on this matter see Inés María Martiatu, "Eugenio Hernández Espinosa entre la polémica y *altos riesgos*: Entrevista," *La Gaceta de Cuba* 1 (2005) 6–10.

12 Inés María Martiatu, "Con Sara Gómez, palabras para una expo," *La Jiribilla: Revista de cultura cubana* 339 (2007).

13 Linda S. Howe, "La producción cultural de artistas y escritores 'afrocubanos' en el período revolucionario," *Acta literaria* 26 (2001) 77–87.

for the armed forces. At the end of the 1970s, when some "parametered" playwrights and actors had begun to return to theater, bringing renewed vitality to the stage, Martiatu joined Tito Junco in his effort to rescue Cuban folkloric and popular theater. She worked as a consultant with the newly formed group "Teatro de arte popular," consisting of Junco, Hernández, Fulleda, Alberto Pedro Torrente, Jorge Rayan, and others. Martiatu decided at that moment to reassert herself as a critic of Afro-Cuban theater: "I began working with theater people because I realized that there was a need for someone to work on the theoretical foundation of this type of theater; at that time, a very important and new form of popular black theater existed and yet no one was writing about it." [14] The journal *Tablas* opened doors for her in 1984 by awarding her its critical prize for her essay "María Antonia: wa-ni-ilé-ere de la violencia." [15]

Since then, Martiatu has made important theoretical contributions to the anthropology of Caribbean theater, and has become the principal historian and promoter of contemporary Afro-Cuban theater. She is especially interested in the image of black men and women and is careful not to turn sacred Afro-Cuban culture into mere folklore. Martiatu has devoted herself to the study of dramatic works that present elements of the traditions of yorubá, bantú, abakuá, vudú, and spiritualism. She describes the fundamental role of the mythological and the ritual in terms of techniques and contents, and at the same time asserts the inherent theatrical nature of the rituals and ceremonies of those traditions with African origins. [16] Her

---

14 Martiatu, interview.

15 Inés María Martiatu, "María Antonia, wa-ni-ilé-ere de la violencia," *Tablas* 4 (1984).

16 Martiatu's extensive bibliography includes essays such as "El Caribe: teatro sagrado, teatro de dioses" (monográfico), *El Público* 92 (1992); "La actuación trascendente, ¿el nacimiento de un método?" *Tablas* 1–2 (1994); "Transculturación e interculturalidad. Algunos aspectos teóricos," *Tablas* 4 (1996); "El rito como representación," *Teatro ritual caribeño* (Havana: Ediciones Unión, 2000) 176–94.

work as a literary critic and anthologist has been widely recognized [17] and has had a very positive impact. Last year, Eugenio Hernández Espinosa was awarded the Premio de Crítica, and it was Martiatu who wrote the prologue and selected the works to be included in his book Teatro escogido. [18] Her collaboration with the publisher Editorial Letras Cubanas has also contributed to the diffusion of the work of Tomás González and Gerardo Fulleda León, among several others. [19]

The cultural critic Alberto Abreu recently emphasized the importance of Martiatu's theoretical discourse to the fields of cultural anthropology, literary theory, and post-traditional and Latin-American studies. According to Abreu, Martiatu, with her formulation of "ritual Caribbean theater," deconstructs terms and concepts that can help describe what it means to be Caribbean: "More than a simple heading, it is a model and methodology for reading and conceptualizing the symbolic representations and experiments associated with the legacy of African memory with regard to Caribbean identity." [20] On the other hand, her work "Chivo que rompe tambó: Santería, género y raza en María Antonia" [21] is an important and foundational contribution to the field of gender studies and to the corpus on the presence and situation of the black woman in

17 In 1988, she received the Raúl Gómez García medal from the Sindicato de la Ciencia y la Cultura, and in 2001 the Ministerio de Cultura y el Consejo de Estado awarded her the Distinción por la Cultura Nacional. In 2002, the Alejo Carpentier Foundation awarded her the Premio Razón de Ser.

18 Inés María Martiatu, selection and prologue, in Teatro escogido, 2 vols. by Eugenio Hernández Espinosa (Havana: Editorial Letras Cubanas, 2006).

19 Inés María Martiatu, selection and prologue, in El bello arte de ser: Antología teatro de Tomás González (Havana: Editorial Letras Cubanas, 2005); and in Remolino en las aguas y otras obras de Gerardo Fulleda León (Havana: Editorial Letras Cubanas, 2005). Inés María Martiatu, Wanilere teatro, antología de teatro mitológico y ritual (Havana: Editorial Letras Cubanas, 2005).

20 Alberto Abreu, "Inés María Martiatu: el teatro, los dioses y los hombres," La Letra del Escriba 61 (2007) 12.

21 María Inés Martiatu Terry, selection and prologue, in Una pasión compartida: María Antonia (ensayos) (Havana: Editorial Letras Cubanas, 2005) 32–74.

Cuba. The analysis of Eugenio Hernández Espinosa's drama serves as a pretext for broaching these subjects in an innovative way for Afro-Cuban studies, which have scarcely addressed the problematic of women of African descent.

Martiatu's fiction is enriched by her intellectual background in Cuban play-writing, her extensive research on traditions of African origin, and her contributions to Afro-Cuban thought, but above all by her experience and memory as a black woman. *Over the Waves and Other Stories* explores different narrative techniques, many of which are characteristic of the genres of biography, testimonial, and autobiography. Some of the stories become scenarios for a collective memory that transcends nationality and rethinks its foundational period from the perspective of women. Others act as reproducers of creative processes and rituals that operate in the formation of Afro-Caribbean culture and identity.

The first story, "Follow me!" establishes the ideological framework and the principal aesthetic interests of the book: the recovery of collective memory, the processes of forming Caribbean and Cuban culture and identity, and the role of black women as transmitters and creators in all of this. The title is taken from the song "Let's fight! Follow me!," composed by one of the story's characters in honor of the Jamaican politician Marcus Mosiah Garvey who was the founder of *Negro World* and the ideologist behind the theory of black self-determination. In this story, Garvey's ideas take on feminist meaning with regard to legacy and union between women.

Much of the action takes place in Cuba in the 1920s, a period strongly influenced by U.S. culture and by migratory fluxes of people from the Caribbean, in a Havana bustling with shows, cinema, and danzón. Martiatu deconstructs the stereotype of the West Indian immigrant and of the seductive *mulata* — identities that challenged the First Republic's ideal of "whitening" the population (De la Fuente, 46–47) — by recreating the biography of a Jamaican immigrant. The story recounts the personal and professional journey of its main character Lola, who despite significant familial and affective renunciations, manages to pursue a career in show business. The dancer believes in her own independence and finds ideological justification for her life choices in the pages of *Negro World*. After several years of traveling throughout the Caribbean, Lola returns to Cuba in search of her mother and daughter but does not find reconciliation. The narrative structure takes a turn at the end of the story, so that it is a testimonial woman's voice which is entrusted with being the transmitter of Lola's memory and which, ultimately, reconciles her story: the daughter receives part of her inheritance despite the separation.

"The Senator," "Doubt," and "Trillo Park" also take up the theme of collective memory, but more specifically the challenges, difficulties, and participation—though not always sufficiently recognized—of the Afro-Cuban population during the complex postcolonial period of nation-building in Cuba.

In the last story of the collection, "The Senator," Martiatu presents the *intrahistoria* of a successful family from the emerging black middle class, which actively participated in the national project of the young republic. This is told from the perspective of the social and emotional reality of women immersed in a patriarchal system that would not grant them the right to vote until 1933. As in *The Death of Artemio Cruz* by Carlos Fuentes, the "The Senator" recounts the biographical events of a father on his deathbed, a man who dedicated much of his life to an important political career that was not without its difficulties and paradoxes. An omnipresent narrative voice reviews in the form of flashbacks the key moments of his emotional, familial, and political journey.

The text gives us enough clues to be able to identify the Senator as a fictional representation of Martín Morúa Delgado and places us in the midst of the polemical "race war" of 1912. According to Alejandro de la Fuente, at the beginning of the First Republic the recently formed Partido Independiente de Color (PIC) could have been in a position to challenge the Liberals for the black vote. However, Morúa introduced a bill in the Senate that established that no group of individuals from a single race or color could be considered a political party. [22] This bill effectively outlawed the PIC. The racist white repression that followed the rebellion of the Independientes would continue to operate (De la Fuente, 71–73). According to Aline Helg, the events of 1912 had a lasting impact on the political mobilization of Afro-Cubans; the electoral success of the PIC might have challenged the existing political and social order over time. [23]

There are hints of the debate surrounding the Morúa amendment in "The Senator," expressed in the preoccupations of the politician and other characters. However, the reflection is transferred to the sphere of social and affective relations, entering into the different psychological states of the women involved in the politician's life. Despite his efforts to excel, the Senator gets carried away with his incestuous passion for his niece at the pinnacle of his career. He ends up reproducing the same structure of abuse and abandonment that he and his African mother had suffered. With the Senator's death, the declassed lover and her children have only one possible refuge, that of the Senator's daughter, the betrayed cousin. The politician had tried to build a nation "for all," but in his private life he continued to perpetuate the mechanisms of discrimination that he had tried to avoid in his public life.

The eagerness of Afro-Cubans to improve their lot and the contradictions of the black and mulatto middle-class are themes that reappear in "Doubt." Martiatu specifically deals with the question of transmitting knowledge and values in a period in which the emerging nation—strongly influenced by U.S. cultural forms and conventions—was rearticulating conceptions of indigenous culture. For Afro-Cubans, education was an es-

---

22 Once his law was passed, Morúa was appointed secretary of agriculture, becoming the first black member of a Cuban cabinet (De la Fuente, 73).

23 According to Helg, Morúa was used in some way, given that the law represented a clear governmental effort against black political movements. Aline Helg, *Our Rightful Share: The Afro-Cuban Struggle for Equality, 1886–1912* (Chapel Hill: University of North Carolina Press, 1995) 161–191.

sential — although not definitive — requirement for improving their position in the labor market and for fully exercising their citizenship. [24]

Inspired by the school that an American order, the Oblate Sisters of Providence, had founded in Havana[25] — which Martiatu's aunt and mother had attended[26] — the author recaptures some of the history of the formal educational system in place for women "of color" during the U.S. occupation. [27] According to Louis A. Pérez, the process of Americanization vis-à-vis the educational system was seen as a way of facilitating the takeover of Cuba, but as Martiatu demonstrates in this story, the Cubans were not simply "passive recipients" of these new values. On the contrary, the values themselves were adapted according to the quotidian and identitary necessities of the people, on the basis of a political attitude. The doubt of Josefa, the story's main character, essentially symbolizes this process.

Josefa had supported the project of the Mother Superior — a fascinating antagonistic character — because she was convinced that a private school for girls run by American nuns would

---

24 Rates of schooling for Afro-Cubans in the 1920s were slightly higher than those of whites. By 1929, the rate of black literacy had more than doubled from that in 1899, exceeding 70% (De la Fuente, 138–149).

25 The Oblate Sisters of Providence have given 179 years of service in various cities in the United States, Costa Rica, the Dominican Republic, and Africa. The order was founded in Baltimore, Maryland, by a Caribbean woman named Elizabeth Lange and became the first order of religious women of African descent in the history of the Catholic Church. The order's first foreign mission was in Havana, where in 1900 it founded the school Our Mother of Charity on calle Lealtad. It subsequently created other schools in Santiago de Cuba, Camagüey, and Cárdenas, before leaving the island in 1959. See oblatesisters.com, and Perla Cartaya Cotta, "Matilde Moncada y García," *Palabra Nueva* 22–23.

26 Inés María Martiatu, personal communication, October 1, 2007.

27 During the occupation, an ambitious Americanization project involving the new public education system was put in place — according to De la Fuente, 143, 70 percent of the teachers were foreigners in 1933 — which led to a significant rise in private education. Louis A. Pérez Jr., *On Becoming Cuban: Identity, Nationality and Culture* (Chapel Hill: University of North Carolina Press, 1999) 160.

be the best option for her daughters. As they grow older, she begins to doubt the benefits of an education focused on the Christian faith and on "good customs."[28] She comes to realize the contradiction that many people of her class fall prey to: having achieved a status with some social mobility, they reject Santería and other Afro-Cuban cultural expressions in the interest of promoting the "deafricanization" of blacks (De la Fuente, 154–55). Although she had long ago stopped participating in her mother's spiritual sessions, she comes to understand that an adopted religious and educational system would not help her in her search for personal and familial stability. She must restore the spiritual communication with women of her genealogy, which both she and her daughter had rejected.

Also of a historical, though more contemporary, nature, the story "Trillo Park" captures the essence and transformations of a park that has been so emblematic for the Afro-Cuban community. Through her description of the park, we come to know the sociocultural dynamics of the neighborhood where Martiatu was born: the neighborhood of Cayo Hueso in Havana. An intradiegetic and testimonial narrative voice incorporates the conversations of the different characters that frequent this park in the 1950s. The memories and experiences of historical and anonymous figures form a collective memory whose subtext is the participation and discrimination against people of African descent in the processes of independence and nation-building in Cuba. The statue of General Quintín Banderas (1837–1906) — which was eventually, albeit not centrally, erected in the park — acquires foundational meaning upon which the testimonial anecdote of the famous boxer Eligio Sardiñas (1910–88) — Kid Chocolate — is projected, in addition to other picturesque characters, such as Chinca, an avid third-rate dealer, and the young

---

28 This comment alludes to the whitening stereotype applied to black women — and reinforced by black professional men — according to which they were considered in large part responsible for the low number of nuclear families and the high number of illegitimate children in comparison to the white population (De la Fuente, 155).

unconcerned marijuana smokers, all of whom are harassed by discriminatory police surveillance.

Banderas was one of the many Afro-Cuban veterans who despite having distinguished himself in the separatist movement did not achieve a position of respect and responsibility in the Republic (Pérez 323). [29] Sardiñas (Yiyi in the story) belonged to this postcolonial generation for whom imported sports were a means of obtaining upward mobility and a means for asserting Cuban identity in the international domain (Pérez 274). [30] Both figures are exemplary models in their combative eagerness to overcome, but also because they were mistreated by the nation. In the story, they symbolize the necessity of persistent struggle for social change and equality.

Other narratives in this collection explore processes of identitary construction of women through art and music, in addition to processes of forming an autochthonous culture in which Afro-Cuban traditions have a determinant role. In these stories, Martiatu reveals her skill in creating narrative performances.

"Over the Waves" and "Time and Again" are exceptional examples of stories that provide a rereading of the Caribbean guided by Antonio Benítez Rojo's critical theory. [31] In both

---

29 After Bandera had fought in all of the independence wars, the government did not reward him with any of the janitor or forest ranger posts that he had applied for. He denounced racism, followed Juan Gualberto Gómez, and became a member of the Asociación Nacional de Veteranos, which demanded a salary and a public post for veterans. He eventually returned to his life as an insurgent in protest against the fraudulent reelection of Estrada Palma. A rural policeman mutilated his body while he was sleeping (Helg, 120). The government would not erect a statue in his honor until 1930 (De la Fuente, 170).

30 In 1929, he was the first Cuban boxer to compete internationally, and he boxed all over the world to great success and fame. He won the junior featherweight league crown in 1931 and the featherweight world championship in 1932 (Pérez, 175–77).

31 According to Antonio Benítez, Caribbean culture is defined as performance, being both a scenic representation and an execution of ritual. In the syncretism of Caribbean culture—which Benítez prefers to call "supersyncretic" due to its complexity—the aboriginal, European, African, and Asian elements are not always antagonistic to one another, for they share a *cierta manera*, a mythology, a magic, formed by all of the civilizations that have inhabited the Caribbean. Antonio Benítez Rojo, *La isla que se repite: el Caribe y la perspectiva posmoderna* (Hanover, NH: Ediciones del Norte, 1989).

stories, the artistic creation becomes ritual and the experiences form a story that "repeats itself." It involves texts that are performative in their scenic and ritual nature. The reading process allows us to participate in a double performance in which art is both a means of knowledge and of spiritual communication. Martiatu has written about this *cierta manera* of being: "If the conception of art as magic was only conceivable as a romantic postulation, it is possible here and now in our Caribbean reality, in this part of the world where magic is still the essential way for many to control reality. Myth and rite serve different purposes when it comes to understanding and appropriating the Caribbean reality." [32]

"Again and Again" is the actualization of a myth of African origin, one that is only identifiable to those readers who are familiar with the tradition to which it belongs. The story is constructed in two intimately communicable periods: the chronological period of a contemporary painter's life and the timelessness of the myth, which the painter enters into through her artistic endeavors and dreams.

The painter's "true" story reminds us in part of the biography of Ángela Beloff, fictionalized by Elena Poniatowska in *Querido Diego, te abraza Quiela,* as we witness the psychological evolution of a woman who becomes an artist and is betrayed by her teacher-lover. However, Martiatu takes up this universal theme but focuses on the particularity of the encounter and recognition of an archetypal identity in which the interests of the patriarchy are superior to love. For the artist, water, mirrors, the introspection of self-portraits, and dreams are all means of recognizing her mythic dimension. The painter's life continues to merge with the life of the woman of the myth; death through self-sacrifice offers her the possibility of becoming a goddess. Martiatu invites us to enter into the personal operation of the "máquinafeed-back of asymmetrical processes" of the Caribbean culture proposed by Benítez Rojo. The text's

---

32 Martiatu, selection, prologue, and bibliographic notes, in *Wanilere teatro,* 11.

transition from the painter's personal story to the story of the myth can be understood as an interruption and a flow of an identity and a destiny that ceaselessly "repeats itself," that co-exists. The funeral rite at the end of the story marks the continuity of this cycle.

"Over the Waves" embodies the general aesthetic of the collection: text as spectacle, as a supersyncretic Caribbean performance. The narrative voice is minimal and incorporates the voices of those characters who are collectively caught up in the musical and ritual experience that the story becomes. We get to know the lives of the musicians who gather in a house on calle Ánimas in Havana to participate in a spiritual ceremony. They play the famous waltz "Over the Waves," composed by Juventino Rosas (1868–94) in 1888. The rhythm of the *tumbadoras* transforms the waltz into a rumba; the improvised musical fusion is both a pathway and spiritual place for participants and spirits to meet. The small room is transformed into the Caribbean Sea — the kingdom of Yemayá —, into a boat belonging to a *balsero*, into a sick child's room, into a garden. Juventino Rosas, who died in Cuba, reappears to meet his lover one more time; could it be Carmen Romero, President Porfirio Díaz's young frenchified wife, to whom Rosas had dedicated the waltz "Carmen"? Periods and experiences coexist in a single musical space.

In "A Subtle and Electric Sensation" and "The Re is Green," Martiatu employs her knowledge of musical language. In both cases, music stands out as a stylistic resource in the telling of the story and as a motif in the plot, so as to represent the cultural and identitary learning and formation of the female protagonists.

The first story films the musical mind of a girl, for whom music and dance become thought and memory. We witness the awakening of the young girl's consciousness when she comes to understand that her mother has died. The narration uses beautiful, surrealistic images to describe a process of learning and clairvoyance that occurs, as in a ritual, while father and daughter dance. Music and memory make it possible for the girl to learn to recreate an intimate, affective space where the symbolic language of the mother is preserved: a place of creation.

"The Re is Green" deals with the musical and life education of a black, middle-class girl via two cultural influences: the influence of "highbrow" European culture and the popular Afro-Cuban influence. This dual influence is in tune with the alternation of two essential scenarios: that of the music class and of home, where she learns to play Bach on the piano, and that of the neighborhood. The tension that motivates the clever young girl's learning process emerges from her desire to mix the languages of these distinct cultural expressions. She receives a strict education in which each note has only one color, and she feels strongly drawn to the rhythms, fraternity, codes, and secrets of the neighborhood boys, which she is not allowed to share. The protagonist's musical education culminates in a marvelous ludic street scene where Bach's minuet is fused in her mind with the rhythms of popular culture.

"Something Good and Interesting" is a fine story with which to conclude this essay. In the genealogy of women of different ages offered by the "genocritical" proposal" — as Showalter would say[33] — of "Over the Waves," we now encounter the contemporary woman in all her creative splendor: the author. Martiatu has written on this subject: "This story is one of those frenzied tales, spitefully autobiographical by which we women writers sometimes unleash our anger. More than anything, it is a diatribe that allowed me to feel omnipotent, exacting revenge through the weapon of writing. Seemingly, this had nothing to do with Manolo or with that afternoon, but for the almost always inexplicable mystery of inspiration, of creation, or of I don't know what, I am sure that this is the afternoon which appears in the story."[34]

---

33 Elaine Showalter, "Towards a Feminist Poetics," in *The New Feminist Criticism: Essays on Women, Literature and Theory*, ed. Elaine Showalter (London: Virago, 1986) 125–43.

34 Inés María Martiatu, "Algo bueno e interesante con Manolo Granados en el patio del restaurante El Patio y la ventanita de oro," *Afro Hispanic Review* 2 (2005).

The story's aesthetic is related to the proliferation of contemporary, Spanish-language autobiographical fiction, in which, as Biruté Ciplijauskaité[35] points out, the protagonists tend to be women writers and the creative process of writing is presented as a path toward self-discovery. It is an autobiographical account in which the "I" serves a dual purpose; the extradiegetic author takes the floor and immerses herself as a character in different levels of fiction in order to exact a curious and erotic "literary vengeance" in which power roles are reversed.

Martiatu has an explicit purpose: to write the story of an interracial relationship, but by changing part of its process of development, of course, to suit the writer's pleasure. The game is especially funny because she forces the white man who has spurned her to enter into her fiction: she refers to him as tú and tells him of her intention to convert him into a fictional character so as to experience with him what happened and what was not to be. After telling this "true" story of their first meeting, in which—in the style of Toni Morrison[36]—she explores the effects of racism on whites, the writer begins to take her vengeance and initiates the writer's sweet vengeance. She subjects him to a passionate romance in which he plays the role of a lover who has surrendered to the black woman he desires and fears in his prejudice. The story takes an unexpected turn: during the writing process, at the precise moment when the author is thinking of how to kill him off, she learns that he has died. Rather than kill him, the writer's vengeance has involved making him live for real, even if only fictionally. Nevertheless, the conversation about Africa remains in some way pending for him, as it does for many of us, the readers.

---

35 Biruté Ciplijauskaité, "La novela femenina como autobiografía," in *La novela femenina contemporánea (1970–1985)* (Barcelona: Anthropos, 1988) 13–33.

36 Toni Morrison, *Playing in the Dark: Whiteness and the Literary Imagination* (Cambridge, MA: Harvard University Press, 1992).

Swan Isle Press is a nonprofit publisher of poetry,
fiction, and nonfiction.

For information on books of related interest or for
a catalog of new publications contact:

www.swanislepress.com

Over the Waves and Other Stories /
Sobre las olas y otros cuentos
Designed by Esmeralda Morales
Typeset in Book Antiqua
Printed on 55# Glatfelter Natural